연변동서방문화연구회 편찬

리상각 시전집

(제4권 시조시 편)

연변동서방문화연구회 편찬

리상각 시전집

리상각 著

한국학술정보㈜

▮ 차 례 ▮

시조시 편

부 록

시조시 편

설 눈

설 눈은 별빛
파르무레 눈부시다

티끌이 없는 세상
한바탕 뒹굴까

하느님
새로 만든 세상을
더럽히면 어쩌리

눈

간밤에 내린 눈이
지붕을 덮었구나

지붕에 내 시름도
골고루 펴놓을까

봄에는 눈과 시름이
낙숫물로 녹으리

겨울 강

겨울 강 입 다문 지
어느덧 석 달 열흘

침묵의 가슴속은
부글부글 끓는 물

언제 건 가슴 헤치고
외칠 때가 있으리

바 다

내 가슴 일렁이는
천만 겹 시름일까

바다를 주름 잡아
끊임없이 울어 예건만

천만 겹 시름걱정을
가셔 줄 이 없구나

파 도

내 품에 안길 듯이
소리치며 달려온다

저 혼자 돌따서서
살같이 물러간다

아쉽다
언제면 영원토록
너를 붙잡아둘까

겨울나무

헐벗은 나무들은
창대를 꼬나들고

새하얀 겨울 산을
묵묵히 지켜 섰다

서리찬 잿빛하늘을
매섭게 노려본다

겨울바람

누구를 부르느냐
석쉼한 네 목소리

겨울의 허허벌판
외치며 달리다가

외롭게 가는 나그네
옷깃 잡고 우누나

밀물 썰물

바다가 조약돌을
삼켰다 뱉는구나

뱉았다 또 삼키는
밀물이여 썰물이여

울어라
한마디 말도 없는
매정한 조약돌을

개 울

이 애야 비가 온다
그만 놀고 들어오렴

문 열고 웃고 뛰는
막둥인 줄 알고 불렀더니

개울이 뛰며 뒹굴며
날 반겨 깔깔 웃네

갈매기

창공에는 갈매기
너울너울 날갯짓

푸른 바다 물이랑도
너울너울 날갯짓

부르고 대답을 하며
해를 안아 올린다

꿈. 1

꽃이 피는 고운 꿈
망울 속에 묻혔다

잎 진다 두려워서
활짝 피지 못할까

마음껏 피고 지는 것
살아가는 꿈이리

달 빛

뜨락에 잦은 달빛
마음에 싸늘하다

얼기설기 창문에
꽃가지 비낀 그늘

잃은 듯
으스름달밤에
서성이는 내 모양

봄 서정

봄비에 파릇파릇
눈트는 버들개지

실개천 실버들이
실실이 춤을 출제

재 너머
어디선가 멀리
들려오는 영각소리

솔

백두산 푸른 솔이
빙설 위에 꼿꼿해라

광풍이 몰아친다
허리 굽힘 있을손가

장하다
활개 치는 솔
불어 예는 휘파람

꽃

방긋이 웃음 짓는
어여쁜 꽃이건만

간밤에 슬픈 눈물
흘린 줄 뉘 아노

조용히 풍긴 꽃 내음은
향기로운 긴 한숨

고 목

고목이 벼락 맞고
산을 베고 누웠어라

쓰러진 고목에다
새싹을 틔운 산

누워도 살아있는 얼
파릇파릇 자란다

백두에 올라

백운봉 바라보니
백호 울음 들리는 듯

천지 물 굽어보니
선녀 옷자락 날리는 듯

백두에 오른 이 몸은
구름타고 나는 듯

백두폭포 벼랑길

험하다 말을 하니 이처럼 험할쏘냐
백두폭포 옆에 끼고 미끄러운 벼랑길
눈뿌리 아찔하건만 팔순 노인 오르신다

한평생 소원은 천지를 보는기라
60청춘 닐리리 팔순 불로장수런가
천지 물 떠서 마시고 백두신선 되셨다

봄

종달이 우짖으니
고양이 귀를 쫑긋

뻐꾸기 울어 예니
소가 음머 나간다

검둥이 날아오는 제비를
껑충껑충 반긴다

추 억

예대로 봄은 와도
흰 머리만 더 늘었다

기억은 못해가나
추억은 또렷하다

민들레 함께 꺾던 소녀
눈앞에 삼삼해라

시냇물

서느러운 그늘을
던져주며 가는 냇물

곧게 가면 재미없다
요리조리 돌고 돈다

허리 짓 하는 모양이
덥석 안아주고 싶다

갈대숲

바람이 성화대니
놓아라 머리 든다

봄볕이 찾아드니
수줍게 설레인다

이슬이 내리는 밤을
기다리는 갈대숲일레

아 침

아침 해 미역 감고
동산에 성큼 올라

눈부셔라 눈부셔
잠간 눈을 감은 채

찰나에 이슬 젖은 나팔꽃
터져라 활짝 폈다

벽계수. 1

벽계수 흐름소리
뭇 새가 우짖는다

물밑의 조약돌이
소리 내어 웃는가

돌돌돌 굴러 가는
물빛으로 살고 싶다

꽃과 물과 더불어

부는 바람 없어도
춤추는 물이란다

보는 이가 없어도
홀로 웃는 꽃이란다

이 몸은
꽃과 물과 더불어
한껏 즐겨 보련다

밤바람

밤바람 불어와서
설친 잠 깼노라

궂은비 내리어서
마음 또한 산란해라

뇌성이 요란스러워
꿈조차 깨졌네

어차피

누구는 맨 먼저
피는 꽃을 노래한다

나는야 맨 나중
피는 꽃을 노래한다

어차피 늦가을인줄
알면서도 피는 꽃

살구꽃. 1

훈풍은 불어오고
봄물은 흘러간다

보내며 또 맞으며
살구꽃은 웃는데

울 이도 갈 이도 없는
나는 눌과 즐길꼬

봄빛. 1

봄빛이 한 움큼
들창 새로 들어왔다

꺾어온 진달래에
봄빛을 얹어두고

나는야 오만가지 꿈으로
한밤을 지샜다

버드나무

매츨한 버드나무 강가에 홀로 섰다
광풍이 몰아쳐도 머리발을 날리며
꺾일 줄 모르던 너는 북방의 아가씨

사나운 바람 자고 보슬비 촉촉하니
날씬한 허리 다시 쭉 펴고 일어섰다
서둘러 하얀 버들개지 눈뜨고 활짝 웃네

낙숫물

뙤창문 자주자주
내다보는 기다림

찬비가 쭈룩쭈룩
쏟아지는 쓸쓸함

낙숫물 뚝뚝 떨어져
줄 끊어진 아쉬움

비 오고 낙숫물이
떨어지는 저 소리

오실 임 못 오신다
전하는 소식일까

나 홀로 쩔쩔 매면서
오도 가도 못한다

조롱에 갇힌 새

1

조롱에 갇힌 새 하늘 그려 울건마는
주인이 뒷짐 지고 노래로 듣는구나
알것다 자유 잃으면 자유인의 노리개

2

갇힌 새 두 마리 더운 정을 나눈다
두 입이 서로 쪼아 먹이를 넣어준다
볼수록 눈물겨워라 조롱에도 참사랑

3

파랑새 한 쌍 중에 암놈이 죽어가니
수놈이 울다 울다 먹잖고 쓰러졌다
정조를 외우는 인간이여 새보다 더 나은고

바 람

뙤창문 열지 마라
뛰어든 손님이다

인기척 있건마는
보이잖는 감투 썼다

찬 손이 두 볼 만지고
옷깃 쥐고 흔들더니

방안 구석구석을
샅샅이 살펴보고

신선한 공기를랑
골고루 남겨놓고

어느새 빠져나갔나
휘파람 부는 손님

무슨 일 그리 바빠
헐레벌떡 뛰어갈까

다시는 안 올 듯이
뒤돌아보지 않고

강 건너 가시덤불 헤치며
곧은 길 열어간다

단 풍

나도 불꽃이다
불을 어서 달아다오
산과 들을 뒹굴며
술렁이는 단풍잎들
다치면 불꽃 튕길라
조심히 걸어간다

몸부림치는 모양
불같은 기세로다
울긋불긋 타 번지는
산과 들 그 어데나

노을이 불을 지른다
불 끄러 어서 가자

달래김치

바구니 옆에 끼고
누님이 캐온 달래

어머님 담근 김치
봄맛이 산뜻해라

새콤한 달래김치 맛
은수저 춤춘다

실버들. 1

잎잎이 파르무레
실버들 하느적

반가이 손짓하고
따라설 듯 몸짓이니

차마 떠나지 못할 테라
내 임 같은 너를 두고

나그네

물소리 들리는 곳에
방초가 우거졌다

서느런 녹음을 밟고
가는 저 나그네여

콧노래 흥겨운 길을
언제 다시 오려나

이   슬

만지지를 마소서
눈으로만 보소서

풀잎 끝에 맺힌 진주
영롱한 반짝임

아뿔사
옷소매 스치자
이쁜이 사라졌소

폭포수

사람은 높은 봉을
허위허위 오르건만

폭포수는 천길 벼랑
성큼 뛰어내린다

산산이 부셔져 내리며
비장한 노래 부른다

바위야

바위야 바위야
너는 참 좋겠구나

먹지를 아니해도
배고픈 줄 모르니깐

바위야
나도 너 같으면
오죽이나 좋겠니

반가운 임

벽공에 솟은 저 달
뉠 보고 생긋 웃노

울고 가는 저 기러기
무슨 소식 가져왔노

아마도 반가운 임이
내일 문득 올 듯해라

기다림

밤바람 몰아치니
꿈자리 사납다

달빛조차 새어드니
아예 잠을 잃었다

이 세상 차마 못할 일
그리움의 기다림

꿈. 2

좋은 꿈 깨고 나면
아니 꿈만 못해라

만나자 헤어지면
아니 봄만 못해라

정든 임 꼭 붙잡고서
좋은 꿈만 꾸리라

참사랑

채운이 곱다 해도
손에 잡지 못해라

노을이 붉다 해도
아침저녁 한때라

평생을 아름다운 건
너와 나의 참사랑

임 아

손 없는 청풍도
솔가지 흔들더라

발 없는 명월도
동산에 오르더라

내 임은 언제 찾아와
이내 손 잡아주랴?

미 인

미인이 따로 있나
정들면 고운거지

이목구비 달라도
모두모두 제 나름

마음만 곧고 바르면
미운 것도 고운 거

천 리

지척에 있는 몸도
못 보면 천리로다

못 보고 그리는 정
일각이 삼추로다

천리라 삼추라 하니
가슴 답답하여라

상사병

달콤히 잠드소서
꿈에는 날 보리다

그리우면 잠 못 드니
생각을랑 마소서

병들면 어찌 하오리
상사병도 병이지

인 정

인정을 잃고서야 사는 재미 무어랴
사랑을 버리고야 돈과 재물 소용 있나
장한 뜻 품은 위인도 다를 바가 없느니

형제 정

두 갈래 물이 모여 하나로 흐르듯이
그대와 나는 만나 한 형제로 되었으니
흐르고 넘치는 정은 바다를 이루누나

외롭게 걸은 길 어슷비슷하거니와
곧고 바른 그 성미 더욱 마음 들었노라
갈수록 두터워지는 애틋한 형제 정

만나고 헤어짐은 이렇듯 서러우나
하늘이 맺어준 우리들의 인연만은
한겨레 뿌리에 두고 자자손손 전하세

정

조용히 앉았으면
가슴 더욱 설레어라

단둘이 마주서면
어찌할 바 몰라라

눈으로 주고받은 정
더욱 할말 많아라

광주리

찰옥수수 한 광주리
떡호박 한두 개

빨간 꽈리 두어 줌
얹어 이고 오신 엄마

오늘도
그때 그 광주리
눈앞에 어른거려

후회막급

고운 꽃 옆에 두고
건너 산 넘보는 새

이 산 저 산 넘나들 제
그만 꽃이 다 졌다

산머리 홀로 앉아서
설움 겨워 우는 새

짝사랑

갈 때는 목이 자꾸
바른 편에 돌아가요

올 때는 목이 자꾸
윈 편에 돌아가요

창문에 까딱 않는 저 임
장님 같은 바보인데

눈 물

내가 눈물을 짜니
내 가슴이 쓰리다

두 번 다시 네가 우니
안절부절 못한다

울보야
세 번 다시 눈물 짜봐
뺑소니를 칠란다

사 랑

소리 없는 웃음은
마음속의 노래다

마음속의 사랑은
소리 없는 노래다

말없이 주고받은 사랑은
영원한 노래다

배 신

살살 기어들었어
요것조것 흘끔거리며

슬슬 어루만졌어
쫄쫄 빨아가면서

세상에 좋은 말 다했지 뭐야
혀 닳도록 써버리며

어느 날엔가 그 사람
힌들먼들 나갔어

좁다란 어두운 골목에
웬 여자 불쑥 나왔지

구미호 꼬리를 저은 거야
그 자식 영 꺼져 버렸어

제비둥지

대들보 제비둥지
겨울 한철 비었다만

아기제비 노란 입들
찢어져라 벌리고

배고파 우짖던 소리
상금도 귀 따갑다

하루에도 수십 번
어미제비 들락날락

벌레를 물어오던
그 모양 눈에 삼삼

빈 둥지 쳐다만 봐도
엄마 생각 눈물난다

에밀레종소리

어머님 등에 업혀 만리 길을 떠나서
파란 많은 인생길 가시덤불 헤쳤나니
가슴에 노상 울렸네 에밀레종소리

에밀레종소리 속 시원히 들어볼까
조약돌 들었다가 슬그머니 놓았어라
불쌍한 어머님 생각 눈물 눈물 솟아라

고향생각

울밑에 호박꽃이 노랗게 피고 지고
지붕에 박꽃이 하얗게 구름 이는
그리운 이내 고향은 어머님의 흰 손길

구름은 산 넘어 훨훨 날아가건만
새들은 떼 지어 훨훨 날아오건만
저 하늘 이내 가슴에 눈물비만 뿌리네

고향 벌

초가을 내 생일에
벼이삭 겨우 골라

손으로 훑어내어
햇이밥 지었더라

고향 벌
우리 어머님
사랑의 바다일레

고향 떠난 반백 년
이제야 찾아왔다

금물결 설레이며
흐느끼는 내 고향

서럽다
이 몸은 다시
떠나갈 길손일레

민속촌 소감

물레라 물레방아
방아라 절구공

삼베라 쪽지게라
초가지붕 하얀 박

모두 다 눈물겹도록
보고 지던 귀물일레

잃었던 고향집을
나 예서 찾았으매

아내와 손을 잡고
툇마루 앉아보니

그 옛날 정답게 사신
할배 할매 소리 있다

무궁화

수줍게 섰는 모양
눈이 시게 어여쁘다

어여쁘다 다시 보니
가꿈새 전혀 없다

무궁화 고운 꽃가지
임 모습 비껴 있다

금수나 강산에
뛰노는 햇빛을랑

걸탐스레 감빨며
방긋이 웃는구나

무궁화 고운 꽃가지
임 꿈이 어려 있다

동 해

속초라
강원도 기슭을 치는 바다

원한에 몸을 떨고
슬픔에 우는 바다

말하라
물 가르는 칼
세상에 있다더냐

동해물 퍼낸 뒤에
통일이 온다면야

7천만이 떨쳐나서
바닷물 퍼내리니

동해여
너도 한스러워
천공에 치솟누나

속초의 꿈

속초에 잠든 몸이
파도에 누웠어라

동해바다 요람 속에
어머님은 부르니

파도에 실린 자장가
눈물겹게 들려라

설악산

청산에 봉이 앉고
봉 위에 또 흰 바위

흰 바위에 솔이 서고
솔 위에 또 흰 구름

흰 구름
오락가락하니
너와 내가 신선일레

고향 사과

제수님 도시락에 넣어 준 고향 사과
먹기조차 아까와라 색깔 고운 고향 사과
한 알은 배손들과 같이 나누니 꿀맛이요

딸집 와서 사돈님과 여덟 조각 쪼개놓고
내 고향 이야기에 밤 가는 줄 모르는데
외손녀 손을 내밀어 더 달라 보채고

세 번째 사과알은 어머님께 가져왔네
목메어 말없이 만지기만 하시니
알겠소 사과 단 즙이 어머님 눈물인줄

그리움

그리움이
물이면
바다가 되리라

푸른 하늘
한끝까지
몸부림치는 바다

그 바다
꿈에 본 바다
울어 예는 갈매기

고향 물

개울물 흘러 흘러
동으로 떠나갔다

이 몸은 흘러 흘러
북으로 떠나갔다

놀랍다
너와 나 오늘
꿈만 같은 만남이고

수풀 속 달리면서
조잘대는 물소리

세상에 으뜸가는
아름다운 노래니라

황혼에
나 홀로 듣고
옷섶을 다 적신다

권금산

권금산 마루턱은
칼벼랑 돌투성이

틈틈에 뿌리박고
수풀 이룬 소나무

하늘 땅
소리소리 외쳐라
나도 푸른 조선인!

의상대

낙산사 문을 나와
의상대 올라서니

한낮도 동해물은
해돋이 瑞氣련가

황홀타
눈 모자란 풍경
이 몸 선채 바위 되네

부모사랑

세상에 큰 한은
못 다 갚은 부모사랑

내 자식도 마찬가지
다 모르는 부모사랑

어쩌면
세대 마음이
이리 사는 인생인가

인 생

청풍이 지난 후면
자취조차 없어라

녹수가 흘러간 뒤
형체조차 없어라

우리들
짧은 인생이
저 같으면 어쩌리

금강산 시조집

바닷가에서

조개 줍던 아가씨 나이는 스물 셋
고향 떠나 쉰 두해 내 처음 온다하니
아가씨 "어마나" 하고 깜빡이는 샛별눈

바위에 앉아

바위에 올라앉자 동해바다 처절썩
배전을 치듯이 흰 파도 부셔지니
배타고 내달리는 듯 내 마음 황홀타

약 수

만병을 떼 준다는 약수 물 마셨소
눈물이 방울방울 약수터에 떨어졌소
구슬져 떨어진 눈물 약수라도 되려나

감나무

감 철이 지났건만 내가 온다 남은 걸까
애꾼 아이 한 알 감도 아니 뜯은 노란 감
감나무 그늘을 밟고 단물 젖은 내 마음

망장천

물 마신 노인장이 지팡이를 버린 샘
천선대로 오르는 길 망장천이 꿀맛인데
물 마신 나는 한창 나이 무엇을랑 버릴고

삼선암

바둑만 놀고 떠난 신선도 신선일까
절승경개 두고 떠난 신선도 신선일까
삼선암 오르고 보니 너와 내가 신선이지

만물상

봉마다 바위마다 천만가지 고운 형상
오봉산은 수풀 같이 창과 칼을 추켜든 듯
예쁘고 엄숙한 자태 어울리니 장관일세

벼랑길

코끼리 같은 바위 양편에 늘어섰다
좁은 돌길 오르는데 다람쥐가 길잡이
고놈 참 예쁘고 깜찍하다 금강산 다람쥐

옥류동

옥류동 벽계수야 나를 불러 손짓하냐
깨끗한 너의 품에 푸덩실 뛰어드니
뼛속에 짜릿하니 시린 아픔도 달갑다

주렴폭포

물 같은 구슬이냐 구슬 같은 물이냐
구슬구슬 꿰어 들고 드리운 주렴폭포
금강산 골에 골골 물은 방울마다 옥구슬

벽계수

이다지도 맑은가 맑다 못해 푸르고나
한 줌 덥석 쥐었으나 아까워 못 마시고
이 몸은 벽계수에 취해 자리 뜸을 못한다

비봉폭포

산새만 난다마라 여기서는 물도 난다
새도 못날 벼랑 끝을 날아예는 비봉폭포
말하라 비봉너머엔 무엇이 또 나는고

구룡폭포

한 필의 흰 비단 끝 모르게 풀려난다
누구 줄 비단일까 나를 줄 비단이지
골고루 백의겨레 나눠 줄 백설 같은 흰 비단

상팔담

비취색 상팔담은 청보석 늘인 듯
새하얀 물보라는 팔선녀 옷자락인 듯
그 옛날 선녀초동이 다시 울 듯 하여라

옥녀봉

상팔담 팔선녀만 미역을 감았던가
옥녀봉도 구룡연에 미역을 감았어라
푸른 솔 저고리에 단풍치마 아름다움 떨치네

삼일포

봉래대 높은 바위 올라서서 바라보니
거꾸로 비낀 청산 시름없는 와우도
절묘한 삼일포여 어찌 사흘만 묵었으랴

금강산 아가씨

금강산 아가씨들 어쩌면 이리 예뻐
마음씨도 예쁘구려 예절도 예쁘구려
이제는 금강산 선녀 본 듯이도 하여라

서울과 평양성

서울과 평양성은 엎어지면 코 닿을 데
천리 보다 더 멀단다 만리 보다 더 멀단다
온 세상 다 돌고서야 가닿을런지 말는지

설날 소감

섰는 듯 느리게도 기어가던 세월이
섣달도 그믐날엔 머문 듯 망설이다
어여차 뛰어넘어선 정월이라 초하루

아쉬운 한 해를 서럽게 보내놓고
울지를 않으려고 웃음으로 빚은 설
세배를 주고받으며 기쁨 산에 오른다

미운이 오래 살고 고운이 단명인가
사랑이 지극하면 세월도 짧은 건가
밉지도 곱지도 않은 이 그럭저럭 보낸 세월

소처럼 굼뜨게 가는 세월 잡아탈까
말처럼 빨리 닫는 세월을 잡아탈까
여보소 어물거리다간 골라잡을 세월 없소

사나이 마음

광풍이 몰아친다
가던 길 돌아설까

폭우가 쏟아진다
머리를 움츠릴까

사나이 한 번 먹은 마음
벼락 쳐도 나간다

대장부

기쁘다 웃지 말고
슬프다 울지 마라

대장부 몸가짐은
참을 줄 아는 것이

가벼이 날고 뛰며는
그르치기 쉬우이

산송장

울고도 왜 우는지
저도 알지 못하네

웃고도 왜 웃는지
저도 알지 못하네

남 멋에 울고 웃는 자
움직이는 산송장

쓰고 단맛

보약은 쓴맛이요
독약은 단맛이라

독약 같은 감언이설
알고도 속는데

인생의 쓰고 단맛을
뉘라서 다 안다뇨?

바른 소리

한 마디 바른 소리
한평생 지옥살이

대장부 떠난 자리
만민의 통곡 소리

사책에 올린 그 한마디
천추에 빛날 소리

백 발

삼월이라 봄비 내려
흰 눈이 사라졌다

바라보니 앞 남산이
새파란 청춘봉

어화 이내 백발도
봄비를 맞는가

해 님

해님은 만물에
빛을 주고 말이 없다

강물은 화초에
향기주고 사라진다

이 세상 네가 한 일이
얼마라고 떠드노

낚 시

친구는 어디 가서
무슨 고기 낚으려나

마음이 낚시처럼
꼬부라들었구나

꼬부랑 낚시 마음을
친구여 버리소

의 심

세상을 바늘귀로
내다보는 사람아

의심이 많으면은
곳곳에 원수로다

아느냐 믿음이 있어야
벗이 모여드는 줄

경 종

간사한 웃음은
숨어있는 칼이요

달콤한 밀어는
독을 뿜는 가시다

죽은 체 누워있으면
요귀들이 날친다

'위인'

야심은 크지마는
의리엔 용기 없다

재물에 눈 어두워
부끄럼 모르는 자

네 어찌 제가 제노라
'위인'인체 하는고

한자리

이 산에서 '동길아'
저 산에서 '동길아'

한 사람이 외치면
뭇 산이 받아 외운다

우리나 인간 세상에
귀찮은 산울림이여

한평생

재물에 눈 어두우면
마음이 검어진다

명예에 눈 어두우면
친구도 몰라본다

한평생 곧고 어진 맘
지니고서 살리라

허 물

남 허물 꼬챙이에
꿰들고 지절대고

제 허물 옷 속에
감춰 넣고 시뚝하니

웃지도 울지도 못할
인간세상 희비극

기차 안에서

물 한 그릇 아니 주고
표양신 써달란다

안 쓰자니 미얀코
쓰자니 께름칙해

차라리 눈과 귀 멀면
이런 꼴 안보리

버스 안에서

버스에 오른 학생
어리고 귀엽다만

앞 다퉈 좌석을랑
남 먼저 차지한다

한심타 이 같은 몰경에
내 얼굴이 뜨겁다

무 제

기쁜 일 올라치면 슬픈 일 뛰어든다
맘 편히 살라치면 등 뒤에서 활 쏜다
짧으나 짧은 인생이 이다지도 고달픈가

웃음은 남들이 뺏어 간지 오래다
울음은 남들이 허락지 않는구나
이제는 목석이 되어 눈 딱 감고 살라나

어머님

보이라 석탄 값은 세곱 네곱 올랐건만
4월도 다가기 전 스팀을 뚝 끊었다
피 끓는 이 몸도 떨리는데 팔순 어머님이야

침대는 불편하다 가져가라 하시고
전기요는 말째다 쓰시기를 꺼린다
추운 방 못 사시겠다니 자식 마음 아프다

그 잘난 아파트에 괜히 왔다 하시며
30년 전 떠나신 시골집을 외우신다
시가지 하도 추워서 가고 싶은 시골집

권 고

초가집 문 앞을랑
경건히 찾아가세

옷소매 해진 손을
뜨겁게 잡아주세

권세욕 미친 자만은
거들떠보지 마세

야성과 인성

야성은 짐승들이
살아가는 본성이다

인성은 사람들이
사랑하는 넋이다

사람이
인성을 잃으면
야수보다 더 사납다

커피를 마시며

조용히 홀로 앉아
더운 커피 마시는데

찬바람은 실없이
옷깃 속에 기어든다

아서라 피 끓는 이 몸
너 들어설 자리 없다

파 리

겨울에 죽었다가
봄철에 다시 산다

파리도 꽃이 피는
한 계절이 좋은가

뒷간서 나온 족속이
이 세상에 날친다

벼 룩

제가끔 살겠노라
제가끔 뛰는 벼룩

이리 뛰고 저리 뛰며
사람을 무는구나

나중에 피똥 갈기고
사라질 고얀 놈

거 미

그물을 늘여놓고
숨어보는 거미로다

넓디넓은 천지간에
작은 그물 걸리다니

가련타 거미발에 잡힌 자
할 말이 무언고

참　새

온갖 새 중에도
참새는 참새로다

짹짹짹 울면서도
제 배는 다 채운다

진짜로 약은 참새는
굶어죽지 않는다

개　미

흐린 날 개인 날을
먼저 아는 영물이요

작은 힘 합치어서
큰일 하는 미물이라

칭찬이 하도 많으니
땅속으로 숨는다

바 퀴

하룻밤 고손자를
낳는다는 바퀴무리

나팔소리 없어도
아파트를 돌격한다

자물쇠 다 무어랴
허벅다리 벌써 무네

모 기

낚싯대 둘러메고
못가를 찾아가니

반가운 친구처럼
모여드는 모기떼

앞 다퉈 바늘주둥이로
뽀뽀를 하자누나

빈 대

빈대도 꾀가 늘어
천정에 바라 올라

잠자는 사람 몸에
뛰어내려 피를 빤다

여보소 이런 빈대를
어찌 하면 막을고

뱀

손발이 없는 뱀이
뼈도 없이 기는구나

허리로 구불구불
바늘 혀 날름날름

차디찬 마음뿐이라
친구 하나 없구나

쥐

풍년에 촌에 가고
흉년에 도시 가네

하늘이 무너져도
살아남을 족속들

한심타
도적고양이도
쥐가 되고 마누나

박 쥐

빨죽한 귀, 눈, 주둥이 날갯죽지…
보기도 귀찮은 추물이 너뿐인데
한 발을 벽에 걸어놓고 자는 체 하는구나

네게는 오만가지 못된 궁리 많아서
밤이면 여기저기 날아예며 쏘다니다
빤빤한 담벽이라도 척 들어붙는구나

게사니. 1

게사니
긴 모가지
억지로 뽑은 소리

꽤꽤꽤
역겨워도
으뜸가는 노래라나

보란 듯
목을 빼들고
거드름을 피운다

가을 메뚜기

아무데도 쓰지 못할
녹슨 칼을 차고서

멋지게 잘도 뛴다
가을 메뚜기
뛰기는 이리저리
진종일 뛴다만

종내는 작은 풀숲을
벗어나지 못한다

괘씸한 모기떼(10수)

1

앵하고 날아왔다 귀뿌리 뱅뱅 돌고
날아갔다 다시 올 제 한 무리 데려왔다
신경을 곤두서게 하는 양키 놈의 쌕쌔기

2

한낮의 불청객은 검은 손님 파리 떼
한밤중 불청객은 바늘주둥이 모기떼
아마도 고비사막으로 이사를 갈까보다

3

낮이면 숨었다가 밤이면 돌격한다
앞뒷문 꽁꽁 닫아도 문틈 새로 매복전진
어찌 또 이 밤을 보낼고 밤잠 잃고 쩔쩔맨다

4

힘장사 사나이가 모기를 이겨봤나
애교 많은 아가씨 모기를 홀려봤나
얼굴에 손부채질 하니 발등을 때끔 문다

5

깨문 자리 긁어보니 콩알같이 돋아난다
버럭버럭 성을 내도 모르는 체 하는 미물
두 팔을 휘두르다가 자기 뺨만 때렸다

6

재미나는 낚시터도 모기떼 홍을 깬다
사랑의 노을 길도 모기성화 못 배긴다
개울에 미역 나갔다가 모기한테 쫓겼다

7

그 누가 모기 덕을 입은 적 있었던가
모기만 아니면은 이 세상 살만한데
피 빨고 독을 뿜으니 아픈 자리 못 잊겠다

8

사람이 가는 곳만 따라가는 모기떼
네 놈의 그 후각은 개코보다 낫구나
만물의 영장이라도 네 놈 앞에 손든다

9

몸무게 얼마드냐 몸체적은 표점 부호
오장육부 다 있을까 재간 많은 바늘주둥이
너 같은 얄미운 족속 이 세상에 또 있을까

10

모기는 입만 갖고 피를 빨며 앵앵댄다
당신은 입만 갖고 술 마시며 흉흉댄다
모기와 당신 재간은 참말로 어슷비슷

털개와 똥개

돼지죽 훔쳐 먹고
도망가던 털개는

따끈한 아기 똥을
먹는 똥개 부러웠다

게 묻은 주둥이 쳐들고
얼없이 바라본다

땅바닥에 똥자루
떨어지기 바쁘게

걸탐스레 먹던 똥개
긴 혀 휘두르더니

게 묻은 털개 주둥이 보고
우습다 히히댄다

아기와 엄마

단 젖을 먹고 나서
고운 얼굴
해가 반짝

한잠을 자고 나서
우렛소리
소나기 쏴—

엄마가
우산을 들고
허둥지둥 달려온다

병아리

삐약 삐약 병아리
외마디 노래인데

그 노래에 강아지
화뜰 놀라 내뺀다

언젠가
병아릴 쫓다가
볼기 맞은 강아지

아기. 1

아기가 하도 예뻐
볼을 살짝 건드리니

으아―터진 울음보
엄마가 뛰어온다

그만에
나는 쑥스러워
발가락만 꼼지락

엄마 품

엄마 품에 안긴 아기
단 젖을 먹은 아기

향긋한 젖내에 취해
꿈속에 해죽해죽

엄마도
아기 꿈에 취했다
두 눈이 소르르

빨 래

엄마는 개울에서
흰 구름 헹구는가

구름이 쓸어주면
하늘이 맑아지듯

흰 빨래 자꾸 헹구니
개울물도 맑지다

제 비

우리 아빠 따라 배워
대들보에 집짓고

우리 엄마 따라 배워
새끼제비 기른다

사랑이
넘치는 초가집
제비도 한집 식구

가을하늘

가을물 하도 맑아
열길 물속 보인다

가을하늘 하도 맑아
하늘 저쪽 볼 것 같다

가을날
우리 마음도
높푸르게 열린다

살구꽃. 2

뒤뜨락 살구꽃이
저 혼자 활짝 폈다

학교에서 돌아와
깜짝 놀라 보란다

향기를 가득 풍기며
생긋 웃는 살구꽃

낚시질

철이네 낚시질에
돌 던져 골려줄까

허리춤 간지럽힐까
노래 불러 골려줄까

순희네 또래 히히호호
맴돌이치다가

무언가 푸들쩍
낚시에 걸려나와

우야-멀리 도망간
순희네 또래들은

가슴에 새 새끼 들어앉았다
두근닥근 두근닥근

봉선화씨

봉선화씨 받아서
꽃종이에 쌌다

봉선화씨 껍질은
귀에 걸고 눈에 걸고
아가야 무섭지?
'으앙' 소리쳤는데

아가는
이쁜 봉선화
캐득캐득 웃었다

조약돌

물밑의 조약돌
저들끼리 소곤댄다

아무도 모르게
꽁꽁 숨었다나

개울물
소리소리 지른다
돌돌돌 돌돌돌

독수리와 병아리

높푸른 하늘에서
독수리 굽어본다

땅 위를 굴러가는
팥알 같은 병아리

사납게 덥석 채자고
독수리 내리 꽂힐 제

이상하다 병아리
온데간데없구나

고요한 뜨락에는
살진 암탉 한 마리

병아리 어미 품에 안겨
조용히 졸고 있다

해동성국

해동성국 어드메냐
농군에게 물었더니

해동성국 모르지만
발해왕터 여기란다

김맬 뿐
기와조각이
시끄럽다 하더라

천여 년 잠을 자던
해동성국 기왓장

호미 끝에 걸려나와
딸그락 그 한마디

찰나에
온 해동성국이
일어설 듯 하여라

오동성

말을 달리던 산악
풍악을 울리던 성

그 위풍 그 향락
바람결이 걷어갔나

손에 든
깨진 기왓장
굽어본 내 발부리

정혜공주묘비

정혜공주 치맛자락
스치던 그 길섶에

고운 자태 바라보며
방긋 피어 웃던 꽃

잠들어
천이백 년인데도
향긋한 그 자취여

청산리

청산리 깊은 골을 뒤흔들던 만세소리
눈물 젖은 가슴마다 불길을 지폈도다
그 불길 타고 번지여 만천하 빛 뿌린다

봉오동

홍장군 붉은 기로 원수 치던 봉오동
홍장군 푸른 기로 만산을 덮었구나
사계절 푸른 봉오동 만년 평화 펼친다

선죽교

참대 같이 곧고 푸른 고려충신 절개여
선죽교에 뿌린 피 비바람에 씻겼어도
충혼이 남긴 글발은 천추에 빛나라

승덕 시조집

피서산장

청황제 피서처는 오늘 우리 유람지
만백성 피눈물로 빚어진 산장이라
물과 산 바위 하나도 그저 볼 수 없구나

- 승덕 피서산장은 청황 제3대가 90년 동안 건설한 560만 평방미
터나 되는 굉장히 큰 황제피서처였는데 지금은 매일같이 수많
은 유람객들이 붐비는 유람지로 되었다.

문진각

십년간 고심참담 편찬하신 십만 권
5백 명 선비들의 그 넋이 명월인가
문진각 푸른 호수엔 대낮에도 달떴다

- 문진각은 청조의 장서누각이다. 10년간 편찬된 '고금도서' 1만
권과 '4고전서' 68만 권 등을 이곳에 보관했었다. 뜨락의 호수에
는 대낮에도 반달이 비껴있다. 이것은 바위에 반달형 구멍을 뚫
어 햇빛이 그 모양으로 비쳐들게 한 것인데 볼수록 참말 신기
하다.

방치봉

1

삭도를 잡아타고 방치봉 가는 길
굽어보니 천길 나락 괴비마저 쏟아진다
아 과연 무한절경은 험한 봉에 있구나

2

어부를 사랑하던 수궁의 용녀여
방치봉 한 허리에 뽕나무로 섰다
오늘도 발부리에 뿌리는 사랑의 피눈물

3

방치봉 만진 사람 백서른 산다니
애당초 그 봉 밑에 누워보면 어떠리
아서라 삼년고개 세 번도 그저 그런 거짓말

－ 옛날에 방치봉은 바다였다고 한다. 한 고기잡이꾼 청년이 괴물
  인 용왕의 수군관을 찔러죽이자 용왕이 청년을 붙잡아다 배를
  가르기로 했다. 용왕의 딸이 그 청년을 데리고 도망치면서 정해
  침을 뿌리자 바다가 없어지고 정해침이 방치봉으로 되었다. 대
  노한 옥황상제가 용녀를 방치봉 중턱에 뽕나무로 만들어 버렸
  다. 방치봉을 만져보면 백서른 살을 산다 하니 고생을 무릅쓰고
  찾아갔다.

보녕대왕묘

1

세상에 으뜸가는 보녕사 큰 불상
세 개 눈은 어제 오늘 내일을 보는 눈
마흔둘 손에도 눈, 눈은 과연 일신천금 8백량

2

대왕묘 큰 불상이 노복을 밟고 앉아
그를 본 내 가슴이 찢기는 듯 아픈데
노복은 되려 자기가 대왕님을 모셨대

3

네거리 걸인들이 엽전을 모을 제
미륵의 무릎에도 엽전이 쌓인다
미륵과 걸인사이는 종이 한 장 두껜가

주: 보녕사에는 세상에서 제일 큰 목제불상이 있다. 높이 22미터나 되
고, 허리둘레는 15미터, 무게 110톤, 얼굴에는 세 개의 눈이 있고
몸에 달린 42개의 손마다 눈이 하나씩 있다. 이것이 수천만 관세
음보살 대왕묘. 큰 불상 발밑에는 소인들이 짓밟혀있다.

쌍탑산

백 천길 쌍탑산 벼랑 위에 쌓은 탑
어느 때 어느 누가 어떻게 세웠노
수천 년 풀지 못할 수수께끼 중화의 기적이여

– 쌍탑산의 아아한 벼랑 위에는 탑이 있는데 어느 때 누가 어떻
게 세웠는지 모른다. 1790년에 80고령의 건륭황제가 그 곁에 높
은 누각을 짓게 하고 간난신고로 올라가보니 탑 안에는 향로와
초신 한 켤레와 고서가 있었다 한다. 들을수록 놀라운 쌍탑산.

금산정 뱃놀이

황제의 놀이터에 높은 담장 쌓았으니
백성의 그림자나 이곳에 얼씬했나
오늘은 너와 나 뱃놀이라 금산정이 내 것 같다

우리 시조 꽃송이

석 줄 시행은
세 줄기 빛이로다

작은 그릇에는
우주를 담았노니

만방에 향기로워라
우리 시조 꽃송이

짓기는 어려워도
읊기는 즐겁도다

읊을수록 맛이 난다
깊은 뜻에 무릎 치며

알뜰히 가꾸어가세
우리 시조 꽃송이

고구려 왕터 다녀보고

고구려

원시림에 묻혀 있던 고구려 뛰쳐나와
전설의 용궁 같이 회한도 悔恨할사
그 핏줄 가슴 가슴에 후둑후둑 높뛴다

장군묘

집채 같은 바윗돌 누가 어이 날랐을까
동방의 피라미드 솟은 탑 놀라구나
고구려 빛깔 고운 벽화 고대문명 떨친다

광개토왕비

일신에 비문 새긴 거인이 우뚝 섰네
억겁이 지난대도 한자리 굳게 지켜
풍설에 끄떡치 않네 고구려 백두옹

'가슴'

가슴은 나의 하늘
해가 뜨면 푸르다

구름 끼면 어둡고
달이 뜨면 그립다

이따금
우레가 울고
소나기 쏟아진다

정월대보름

놋대야 맑은 물에
둥실 뜬 보름달

하늘 개 삼키려다
뱉어놓은 밝은 달

달 노래 정답게 울린다
농갓집 뜨락은 월궁

달

순하디 순한 토기
깡충 뛰어나올 듯

계수나무 짙은 향이
물씬물씬 풍기는 듯

아마도 저 달은 너와 나의
영원한 보금자리

노 을

동트는 새벽하늘
노을빛 야들야들

해님이 너울 쓰고
산 넘어 사뿐사뿐

시집을 온다, 오는 아침
환하게 웃는 세상

아침. 2

새들이 노래하며
노을 속 날아예고

꽃들이 손뼉 치며
예쁜 해님 맞이한다

황홀한 순간 서둘러
활짝 피는 고운 꿈

나 비

봄바람 타고 오는
우표 한 장
한들한들

내 사랑
꽃 편지는
채 쓰지 못했는데

저 혼자
멀리 날아가네
야속한 우표 한 장

종

소잔등에 보습 얹어
봄 밭갈이 가는 길

강아지 깡충깡충
발길에 감겨 돌고

종달이
봄 하늘에 종을 친다
뻿종
비리종 뻿종

개구리 합창단

개구리 합창단
날 새도록 성수 났다

신선이 내려와
두렁을 오가시며

천국의 아름다운 노래
예 와서 듣노란다

여름밤

코골이 우리임은
잠을 자며 첼로 켜고

막이 없는 무대에선
개구리 합창하니

창문에 문전옥답에
별 무리 쏟아진다

뜨 락

아침수저 들다 말고
피끗 내다본 뜨락

집닭 산 꿩 어울려
북데기 모이 쪼고

까치가 돼지 등에 올라서서
날 부르네 깍깍깍

감자바우

우둥불 피워놓고
구운 감자 먹었다

돌을 불에 구웠더니
범이 먹고 죽었다

범 잡은 영웅 무송은
강원도 감자바우

텃 밭

봄비 내린 텃밭은
미역 감은 내 사랑

빗질하며 쓸어주니
나불나불 초록치마

텃밭에 정이 폭 들었네
세상사 까맣게 잊고

정 적

따가운 여름 볕에
숲은 숨을 죽이고

정적을 깨뜨리느라
풀벌레 울음 운다

스르르 삭삭 구슬픈 소리
왈칵 눈물이 쏟아진다

가 을

파아란 하늘 아래
노오랗게 익은 산

마알간 연못가에
빨갛게 익은 집

가을산 등에 업은 집
거울 속에 들어간다

백양나무. 1

몰라보게 컸구나
네 허리 안아보자

웅장한 거목인데
나보다 키가 열 배

반갑게 설레는 잎새 그늘이
고맙게 안아준다

백양나무. 2

고향의 옛 정취를
고스란히 지녔구나

세상을 두루 떠돌던
나는야 부평초

옛 친구
널 안고 얼굴 비비며
눈물로 적셔준다

물 구슬. 1

하늘가면 구름 되네
땅에 오면 비가 오네

구름은 노을 만드네
비는 무지개 세우네

어여쁜 꿈을 지니고
하늘땅 드나드네

물 구슬. 2

반가와 속삭이네
그리워 흐느끼네

화가 나면 외치네
번개 칼 휘두르네

하늘땅
말끔히 가셔놓고
풀잎에 앉아 생긋 웃네

눈보라. 1

마당이 빤빤하면
가난해진다는데

아무 것도 없는 마당
찬 눈이 흩날린다

이런 날 가까운 친구도
발길이 끊어졌다

눈보라. 2

참새조차 스쳐가는
초라한 초가지붕

얼어붙은 살림인데
무슨 꽃이 필 게냐

차디찬 바깥세상은
눈보라 눈보라

해장국. 1

추위를 이겨내는
해장국 한 그릇

주린 창자 화끈하다
내 생을 바꾸는가

고달픈 삶을 살아도
고마운 때가 있다

해장국. 2

겨울을 몰아내는
해장국 한 그릇

뼈가 다 녹는구나
진수성찬 부러우랴

따끈한 해장국이 나더러
힘내라 소곤댄다

봄 내음. 1

확 풀린 봄 날씨에
싱숭생숭 뜬마음

아지랑이 새물새물
소리 없이 웃는구나

누군가 날 부르는 듯
훨훨 가고픈 꽃길

봄 내음. 2

덤불 밑은 파란 싹
빨간 가지 꽃망울

달래김치 새큰한 맛
어디서 풍겨올까?

아마도
내 사랑 그 곳에서
떠나온 봄 내음

강 물

흐르는 저 강물도
떠나온 고향
그리울까

뉘에게 쫓기어
뒤돌아보지 못하고

울음만
터뜨리며 가네
다시 못 올 먼 길을

뉘 알리

숲 속에는 새들이
눈물 없이 울어 옌다

풀숲은 소리 없이
방울방울 눈물짓는다

뉘 알리
눈물도 소리도 없는
이 내 맘속 울음을

절 망

이런들 내가 가랴
저런들 네가 오랴

첩첩산중 갇힌 몸
저승 가면 만날까

저 하늘 구름도 오락가락
혈육 찾아 헤맨다

둥근 달님

둥근 달님 구름 새로
술래잡이 노는구나

살 같이 가는 달님
바삐 산을 넘는구나

내 임도
저 산 너머 계시련만
언제 산을 넘을까

만 남

영원한 만남은 없다
영원한 이별은 있다

만남은 소중한 것
이별은 슬픈 것

슬픔이 찾아오기 전
아끼자 우리 만남을

홀가분한 마음

얻은 것 없는 데야
잃을 걱정 있을까

탐욕스레 쌓은 건
부러워 아니한다

마음은
하냥 홀가분해
있고 없고 모른다

유 혹

별 하나 깜빡깜빡 내게로 날아온다
두 손에 받아보니 비릿한 개똥벌레
참별은 십만 팔천 리 하늘 밖에 숨어있다

여울물

거친 돌이 물을 만나 예뻐진다
못난이 나는 임을 만나 의젓해진다
보듬고 다듬어주는 내 사랑 여울물

달 걀

내 사랑 그대 얼굴 말쑥한 달걀이다
조용한 집안에는 엷은 미소 날리고
따스한 손길에선 노오란 햇병아리 태어난다

아기. 2

미운데 하나 없다 곱기만 한 아기
보챌 줄 모르누나 웃기만 하는 아기
이담에 크면 큰 사람 될게다 귀여운 우리 아기

깩 꼬

깩꼬 깩꼬 아가야 달이 지고 해가 뜬다
캐득캐득 웃누나 화들짝 꽃이 핀다
깩깩꼬 날이 새는 소리 세상이 환해진다

색동저고리

설날 일흔 나이에 색동저고리 부럽다
늙지 않은 이 마음 동갑이 알아주는가
동년을 그리는 마음 다를 바 없다한다

별. 1

한낮에 반짝이는 별
보신이 있습니까?

별들은 밤에 나와
외로움 가셔줍니다

당신도
칠칠야밤에 오신
별이 되어 주세요

별. 2

가느다란 초불처럼
어둠을 좀씩 밀어내고

깜빡이며 속삭이는
별빛소리 들려오면

목 놓아
울겠습니다
지겨운 이 한밤을

그녀의 손

마음에 들어도
만지기 어려운 손

부끄러운 생각에
묶여진 나의 손

두렵다 일촉즉발의
안타까운 그 심판

쌍그네

구름 밖을 날리라
하늘에 그네 맸다

선조의 넋이 서려
어여쁜 쌍그네

길길이
난다
그넷줄 따라서
청산녹수 오락오락

밤 비

눈물인 줄 모르고
술 마시며 흥얼대고

재앙인 줄 모르고
달콤한 꿈을 꾼다

캄캄한 밤하늘에 숨은 자
조화를 부린다

불 씨

가슴에 불씨 하나
몰래 심어준 이

불길은 갈수록
황황 일고 있는데

그이는 어디로 가서
먼 산 불 보듯 할까

실버들. 2

시냇가에 실버들
봄바람에 하느적

초록색 물감이
마구 흘러내린다

내 맘도
실버들 잎새 되어
냇물에 야드르르

봄빛. 2

봄빛이 뛰노네
아지랑이 가물거리네

산들은 수줍어
얼굴을 붉히고

연분홍 봄빛 진달래
내 마음 적시네

라일락

방안에 꽃향기 목메게 풍겨온다
밤새 찬 이슬 맞은 보라색 저고리
조용히 짙은 향으로 나를 불러내누나

한글 읽기

개구리 가갸거겨 열심히 읽는다나
참새 발로 쓰며 짹짹 두 자만 읽는다나
우리 집 병아리는 뽀뽀뽀 엄마 사랑 읽는다

위선자

벼슬이 너무 커서 모두들 쳐다봤나
청산유수 말 잘해서 모두들 박수 쳤나
자기 말 자기행실 못 지키는 그런 사람 믿지 말게

스라소니

산중왕이 아닌 것이
산을 하나 차지했다

산중왕을 본떠서
따웅따웅 하다가

쫓겨난 떠돌이신세
가련한 스라소니

검은 그림자

주인을 바싹 따르는
둘도 없는 호위병

캄캄한 밤이 되니
자취 없이 사라진다

주인을 어둠 속에 남겨둔 채
뺑소니 친 도주병

게사니. 2

조용한 뜨락에서
고아대는 게사니

긴 모가지 빼들고
오는 손님 쫓는구나

꼿꼿이 쳐든 붉은 주둥이
뱀 혀 같은 밉상이

휴대폰

여름 한 철 가로수
매미소리 귀찮고

버스 안은 휴대폰
소리 질러 귀찮고

안팎이 소란스러워
여름철은 미칠 것 같다

눈 치

핼끔핼끔 쳐다보고
흘끔흘끔 훔쳐보고

약삭빠른 강아지
갖은 아양 다 떤다

눈치를 봐가며 비위를 맞추니
거물급도 녹아난다

나비와 꿀벌

나비도 꿀벌도
꽃에 앉아 입 맞춘다

나비는 즐거워
꽃밭에서 춤추고

꿀벌은 꿀을 쏙 빼먹고
저 멀리 날아간다

붕 어

실개울 모래바닥에
배를 문지르며
간신히 헤엄치는
작은 붕어 한 마리

언제면
희망의 강 넓은 품에
얼싸 안겨 볼거나

뜻

잔고기 촐랑촐랑
물 위에서 뛰놀고

큰 고기 물 밑에서
소리 없이 숨어있고

속 깊은 마음의 바닥에도
큰 뜻이 숨어있고

삽사리. 1

벼슬이나 한 듯이
컹, 컹, 컹 짖어댄다

제까짓 게 훈계한다
같잖은 게 협박한다

내버린 뼈다귀나 핥는
그 주제 그 꼴에

삽사리. 2

누군 오금 못쓰는
겁쟁인 줄 아나보지

픽픽 방구나 뀌며
날뛰는 허장성세

회초리 제꺽 집어 들자
꼬리 끼고 내뺀다

마음 밭. 1

다루지 않은 마음 밭
잡초가 무성하다

욱실대는 벌레들
으르렁거리는 야수들

노린내
가득 풍기는
쑥밭은 역겨워라

마음 밭. 2

가슴을 짚어보며
알뜰히 밭을 가꾸자

따뜻한 정과 믿음
푸르게 키워 가면

꽃향기
그윽한 마음 밭에
밝은 세상 다가서리

말 장사. 1

말 많은 사람들아
말보따리 지고나가
말 장사를 한다면
갑부가 될 것 같나?

하는 말 많고 많아도
쓸 말이 너무 적다

말 장사. 2

빗나간 말이 많아
사람 기분 잡친다
진종일 혼자서만
힘들게 말을 말고

그 말을 절약했다가
은행에나 가져가지

거짓말

머리에 뿔났다더니
식인종 악마라더니

정작 만나보니
너와 나 똑같은 사람

거짓말 잘 만드는 정객은
종이에 불을 싼다

거부기

갑옷을 떨쳐입고
싸움터로 가는 거냐

늘어지게 기는 놈아
분통이 터진다

옹헤야
뒤집어 놓았더냐
옴짝달싹 못하누나

꼬 리

소꼬리는 파리채
개꼬리는 아첨무기

여우꼬리는 장식품
돼지꼬리는 두 냥 반

사람은 보이잖는
꼬리 있을까
길면 밟힌다는 꼬리

혐 오

눈 감고 살자하니
두 귀가 있구나

두 귀 막고 살자니
악취가 풍겨온다

숨 막힌 이 세상에서
또 하루 어찌 보내리

애완견과 멍멍개

1

발등 살살 핥는 놈
귀엽고 깜찍하다

금빛 머리 만져주니
무릎에 냉큼 오르고

날씬한 허리 쓰다듬자
목에 키스 퍼붓는다

2

먼발치서 멍, 멍, 멍
허파 김빠진 소리

하늘대고 짖지만
가로 흘겨보는 눈

애교가 뭔지 모르는 멍멍이도
아픈 맘 구석 있구나

양공질

덥석 잡은 쥐 한 마리
저만치 던져놓고

살같이 달려가는
고양이 양공질

노획물 다시 집어들고
재롱을 피운다

물었다 뱉었다
발로 톡톡 쳐본다

발발 떠는 작은 쥐
눈에 파란 빛 번뜩

배부른 뒤끝에 고양이 쾌락은
약자를 괴롭히는 것

오 리

1

맑은 호수
하얀 오리
간밤 꿈에 봤건만

우리 집 오리들은
왜 이리 추접할까

흙탕물
기어 나와서
물동 찍찍 갈긴다

2

팔자걸음
빼뚝빼뚝
엉덩이를 흔든다

긴 목을 빼들고서
제 잘났나 꽤액꽥

요것들
언제 가면 미역 감고
백조처럼 될 거냐

텔레비전 앞에서

점잖게 넥타이 매고
대청에 들어선다
양반걸음
학자용모
꾹 다문 입
그럴 듯 해

누구나 대통령 같아
큰 절 넙적 하고픈데

백로가 모일 곳에
까마귀 웬 말이냐?
찧고 박고
몸싸움
아귀다툼
상소리

눈 뜨고 차마 볼 수 없어
둘러메친 텔레비전

어느 음식점에서

어떤 나라 어떤 곳에
개 호텔 있다더니

얌전한 강아지
부뚜막에 오른다더니

강아지 식탁에 올라
밥그릇을 핥는다

맞은 켠 여자 손님
왝왝 토했단다

구린내를 모르는
개 임자 히죽히죽

세상에 이보다 더 큰 인격 모욕
어데 또 있다던가

옛 말

옛날 옛적 어떤 나라 두 쪽으로 갈라졌다
서로 정탐하느라 간첩을 파견하고
붙잡은 간첩 가두고 죽이고 끔찍이 처형했다

피비린 세월은 갈수록 험악했다
개 잡은 포수처럼 살인자는 으스댔지
맙시사 사람 죽이고 보니 죄다 자기편이었더라

연못가에 홀로 앉아

하늘이 연못 되고 연못이 하늘 되네
연못에는 두둥실 흰 구름 떠 흐르고
말 없는 푸른 산들이 하늘 품에 안겼네

연못가에 홀로 앉아 둥실 뜬 이내 마음
나는 왜 산처럼 하늘 품에 못 안길까
외롭고 쓸쓸하게도 나만 따로 밀린 듯

자문자답

나무는 왜 몇천 년 오래오래 사는가
내내 한 자리에서 나쁜 짓 아니 하니
아마도 하느님 은총을 받기 때문일 게다

짐승은 왜 몇 해 동안 짧게만 사는가
물고 뜯는 약육강식 이빨 발톱 사나우니
태어날 때부터 죄 짓고 벌을 받기 때문이다

사람은 왜 한 백년 살아가기 어려울까
동물보다 낫다지만 나무보다 못하더라
사람도 착한 마음 가지면 나무처럼 살게다

해와 달과 별은 왜 억 천만 년 빛날까
무한한 존재는 시간과 공간뿐인데
천체의 끝 모를 비밀 하느님이나 알게다

백두봉

깊은 지심 용암이 창공 향해 쏜 불기둥
서리 차게 흰 옷 입고 하늘 떠인 경천주
머리에 인 동이에는 성수가 찰랑인다

해달 볕이 내려앉아 전설을 소곤댄다
흰옷 입은 동포들도 성산처럼 동이 이고
하늘에 오르는 구름발 아, 백의동포는 백두봉

그립소

있을 때는 몰랐소
떠나가니 그립소
떠날 때는 오마더니
가고 다시 안 오네
가지 말라 붙잡고
통사정 왜 못했나

잊을래
못 잊겠소 못 잊겠소
달이 뜨면 그립소

죽　음

네게로 내가 온 거냐 내게로 네가 온 거냐
가까운 거리에서 이를 딱딱 쫓는 너
꼴불견 상통하지 마 널 겁낼 내가 아니다

아직 할 일 남았으니 잠깐 게 섰거라
죽음을 등에 업고 한참은 뛸 수 있다
운명을 뛰어 넘는 기적이 네 코 밑에 있더구나

산울림

이 산에서 ‘동길아’ 저 산에서 ‘동길아’
한 사람이 외치면 뭇 산이 받아 외운다
우리나 인간 세상에 귀찮은 산울림이여

단 추

저고리 앞섶에는
구멍이 다섯 개

작디작은 구멍마다
머리 쏙쏙 내민 단추

모가지 걸려있어도
반짝반짝 웃는다

임 앞에

입속에 감춘 혀
하고픈 말 삼키고

부러움 타는 마음
수줍은 첫사랑

임 앞에
다소곳이 고개 숙여
보여드린 가리마

나리꽃

푸른 산 초불 하나
키돋음 하고 섰다

그리운 이 기다려
빨갛게 타는 마음

제 몸이
탈 줄 모르고
날아드는 꽃나비

빗소리

어머님 계실 적에
빗소리는 자장가

이제는 밤새도록
나처럼 흐느끼네

저 하늘
가신 어머님
훌뿌리는 눈물 비

아줌마

진종일 땡볕아래
남새 얼마 팔았소

해가 막 져 가는데
자리 어서 뜨셔야지

못다 판 남새광주리
서성이는 아줌마

당나귀

소는 할 일 많아도
할 일 없는 당나귀

당나귀 떼질이라
사람들 꾸짖으니

분하다 당나귀 아흥아흥
하늘에 대고 운다

집

집 없이 헤맬 때는
화장실도 부럽다

천지가 넓다마는
앉을 자리 어덴가

상금도 아파트 쳐다보며
한숨을 짓는 사람

고맙다

구름 밖은 비가 없다
먼지 오염 없는 곳

구름 아래 비 내린다
어지러운 지구촌

고맙다
인간세상 가셔주는
반가운 빗줄기

통일탑

동해물 깊다 해도
겨레 정 비길쏜가

백두산 높다 해도
통일 염원 비길쏜가

한 반도
하나로 뭉친 힘
높이 쌓을 통일탑

벌 새

꽃을 찾아 나는 새
벌도 새도 아닌 새

앉을 듯 날개 떨며
꿀을 쏙 빼먹고

미안해
뒤돌아도 보지 않고
매정스레 떠난 새

주인님 계십니까

"주인님 계십니까"
초인종 울렸더니

"네" 하고
애완견이
쫑드르르 달려 나온다

손님을 빤히 쳐다보며
꼬리를 살살 젓는 놈

주인과 아첨쟁이
엇바뀌는 세상인가

음침한 오늘 날도
재수가 사납구나

우습게
돌아가는 이 세상
등지고 떠나가리

-부　록-

제2회 '해외시조문학상' 대상 심사평

- 「겨울강」 외 22편 -

경물마다 철리를 부여하는 서정의 형상

(중국작가협회 중앙위원, 세계한민족작가연합 부회장) 김철

리상각 시인은 깨끗하게 시를 쓰는 서정시인이다.

그의 시조도 마치 시조풍으로 쓴 서정시 같아서 정서적으로 느낌이 매우 좋다.

꽃바람을 맞는 듯한 상쾌함, 조약돌을 굴리는 듯한 석간수의 깨끗함, 하얀 눈 속에서 첫 연인을 만나는 듯한 정다움, 이런 것들이 하나의 복합체로 독자를 매혹시킨다.

그의 시조는 철리성이 매우 강하다. 매 하나의 경물마다에 일정한 철리를 부여함으로써 읽는 사람으로 하여금 뭔가 사색하게 한다. 한데 그것을 어색한 설교가 아니라 예술적 형상 속에 부각함으로써 정서적으로 공감을 갖게 한다. 이를 테면 시조 「눈」, 「고목」, 「후회막급」 등이 그러하다.

시조란 어찌 보면 인생철학의 정서적 토로라고 해도 틀림은 없을 것이다. 깊은 사색과 철리가 없는 시조는 잠시 피었다 사라지는 한 송이 꽃에 불과하다고 생각해보기도 한다.

리상각 시인의 시조는 자연의 아름다움과 그 순리의 철학을 인정과 세대에 반죽시켜 간결하게 노래하였다. 향토적인 소박한 정서와 체험의 진실성을 바탕으로 특이한 감응력을 발휘하고 있다.

새천년의 첫 수확

(시인, 미국리번대학 교수) 고원

리상각 씨의 시조 22수를 읽고 아주 상쾌한 물맛을 맛보았다. 영상술에 능한 분의 예술품이다. 자연과 인생의 접목에 있어서 여러 가지 연상 작용을 통한 달관의 강이 흐른다. 청초한 서정과 적절하게 절제된 호곡의 호흡을 나누게 한다.

구성 면에서는 특히 종장의 처리를 잘 해서 시조의 감칠맛을 잘 살리는 시인이라고 생각한다. 그것은 물론 초장 중장에서 끌어올리는 전개의 마무리가 힘과 여운을 실어가는 바람결이다.

이 시인은 물을 무척 좋아하는 모양이고 그런 점이 이 독자에게 더 친근감을 주는 게 아닐까. '침묵의 가슴속은/ 부글부글 끓는 물'(「겨울강」), '돌돌돌 굴러가는/ 물빛으로 살고 싶다'(「벽계수」), '그리움/ 물이면 바다가 되리라'(「갈매기」), '낙숫물 똑똑 떨어져/ 줄 끊어진 아쉬움'(「낙숫물」) 등의 행에서 한 시인의 인생길 철학이 투영된 모습을 대한다.

작은 짐승이나 곤충의 생태에 대한 정겨운 관심도 인상적이다. 「가을 메뚜기」, 「병아리」, 「개미」, 「독수리와 병아리」 같은 작품은 웃음을 자아내는 사회 비평의식이 효과 있게 형상된 예로서 좋다.

민족 정서가 넘치는 몇몇 작품에 예시된 한 가지 특색도 귀하게 보인다. 자칫하면 지나치게 감상적이거나 지나치게 흥분하기 쉬운 소재와 주제를 도리어 담담하고 차분하게 다루고 있는 점이 돋보인다.

광활한 중국 대지에 우리 시조의 꽃이 만발할 날을 기대하면서 리상각 선생을 '해외시조문학상' 수상자로서 추천하는 마음이 한없이 기쁘다. 더 큰 수확이 계속되기를 멀리서 빈다.

새 서정의 잎새를 피워내는 놀라운 재능

(해외시조발행인) 김호길

  리상각 시인은 운명적이랄까, 광활한 중국 대륙에 시조를 심
어나가는 외로운 선구자의 임무를 스스로 택하여 시조 개척자
의 길을 묵묵히 걷고 있는 분이다. 그의 노력의 결실로 중국조
선족 사회에서 우리 시조의 보급은 가히 '시조의 르네상스'를 기
대해도 좋을 만큼 붐을 이루고 있다. 그는 현재 한국 시조단에
서 최초로 공인 받은 재중국 시조시인으로 통한다.

  그의 시조는 천년 묵은 시조의 고목에 새로운 서정의 잔가지를,
고운 잎새를 피워내는 놀라운 재능을 보여주고 있다. 「겨울강」 외
22편의 작품은 고른 수준으로 매화 고목등걸에 핀 고매의 향기처
럼 우리 시조의 담백한 향기를 은은하게 풍겨주고 있다.

그릇은 작아도 세 줄기 빛 석줄 시행에 우주를 담아

- 수상소감 -

리상각

저는 시조를 배우고 읊으며 자랐고 시조를 지으면서 문단에 들어섰습니다. 조상이 물려준 시조 씨앗을 우리가 사는 메마른 북간도 땅에도 심어놓고 열심히 가꾸는 것을 낙으로 삼아오다가 이처럼 문득 '해외시조' 문학상을 받게 되니 참말 꿈만 같습니다. 김호길 선생님, 그리고 심사위원 여러분 고맙습니다. 석줄 시행은 세 줄기 빛입니다. 그릇은 작지만 우주를 담지요. 어지러운 세상을 살아가는 우리에게는 미의 천국에 피는 꽃인 시조가 있다는 것이 마음에 큰 위안이기도 합니다. 큰상을 받으면서 시조 꽃밭을 가꾸어 온 보람을 새삼 느끼며 격려의 채찍으로 알고 더욱 열심히 좋은 글 쓰겠습니다.

토착서정과 '에밀레'의 여운

이 상 범

　리상각 시인의 작품에선 짙은 향수의 우수가 풍긴다. 그것은 태 묻은 유년의 땅김을 그리워하는 그것과 같다. 우리는 향수식 (鄕愁食)이란 말을 쓰기도 한다. 이는 자기가 태어난 곳에서 자라며 먹던 음식을 뜻한다. 곧 어머니의 사랑과 정성이 듬뿍 배인 음식이다. 그런 음식은 성인이 되어서도 문득 문득 생각나고 그리워지는 음식이다. 이것이 곧 향수식인 것이다. 그러기에 그가 꿈꾸는 땅은 바로 모토(母土)와 직결된다. 때문에 고향과 어머니는 하나가 되어 그의 마음자기에 자리를 잡게 된다.

　또한 이 시인의 작품에선 정확히 모양지울 수 없지만 연변이나 그 일대에 흩어져 있는 마른풀 내음이 난다. 과거 우리의 선조, 독립군이 잃어버린 땅과 혼을 되찾기 위해 기구하고 모진 삶을 살았던 투박하고 척박한 삶의 호흡을 느낄 수가 있다. 여기엔 비와 바람, 추위와 눈보라를 견디며 살았을 풀이거나 솔 (松)의 강인한 삶의 단면이 역력히 어린다.

　그의 「금강산 다녀보고」에 이르러선 필자의 경우, 대단한 부러움으로 남을 수밖에 없다. 이유는 그곳에 지금 갈 수 없는 땅이기에 그러하다. 만물상, 상팔담, 비봉폭포, 주렴폭포, 망장천, 구룡폭포, 옥류동 등 어느 곳 하나 가슴 설레지 않는 곳이 없기 때문이다. 그러기에 필자는 통일을 간절히 염원하며 분단의 비극을 가슴이 써늘하도록 감수해야만 한다.

　이제 그의 작품 몇 편을 살펴보기로 한다.

어머님 등에 업혀 만리 길 떠나 살고
파란 많은 인생의 가시덤불 헤쳤나니
가슴에 노상 울렸네 에밀레 종소리

에밀레 종소리 속 시원히 들어볼까
조약돌 들었다가 슬그머니 놓았어라
불쌍한 어머님 생각 눈물 눈물 솟아라

                              ―「에밀레 종소리」 전문

  이 시인의 경우, 에밀레종의 여운은 바로 조국이자 어머니의
울음이요, 울림인 것이다. 어머니의 등에 업혀 떠나 살게 된 이
후에도 그의 가슴에선 늘 에밀레, 에밀레 울리는 울음을 듣는
것이다. 여기서 에밀레의 울음은 단순한 어머니의 그 무엇이 아
니다. 어머니를 통하여 조국애와 모토(母土)의 사랑, 고향의 향
수, 그리고 호강 한번 못하고 살다 저쪽 세상으로 떠난 선조들,
그리고 숱한 생의 난관을 극복하고 살아온 과거의 나날, 이 민
족이 감내해야 했던 슬픈 역사 등이 한데 어울려 우는 에밀레
종인 것이다. '조약돌 들었다가 슬그머니 놓았어라'의 표현은 이
시조식의 절정인 관주(貫珠)에 해당된다.

금강산
솔 씨 하나
두만강 날아 넘어
북국의 흙 벼랑에
뿌리를 키웠네라

그리워
남향으로
뻗어나간 솔가지가

흔드는 푸른 소매
눈물에 젖었는데
어디서
솔새 한 마리
꾸룩꾸룩 오가네

— 「솔」 전문

작품 「솔」에서는 '솔 씨' 하나의 의미가 더욱 소중하다. 아니 솔 씨의 마음이 더욱 소중하다. 다름 아닌 조국애의 상징물이 솔 씨가 아닌가 싶다. 조국 땅 그것도 금강산에 뿌리 내리고 살았을 낙락장송의 솔 씨 하나가 바람에 날려 과거 고구려와 발해로 날려갔음 직하다. 모진 눈보라를 이기고 척박한 땅 벼랑에 싹을 틔운 것이다. 선구자의 노래에 나오는 일송정(一松亭)의 소나무일 것이다. 그 같은 짙푸른 기개며 의지가 강인한 솔이건만 그리움에 남으로 뻗은 가지를 두고 그는 눈물의 옷소매로 보고 있다. 솔새는 그 그리움의 징표가 되어 꾸룩꾸룩 울며 날아가고 날아온다고 했다.

산새만 난다마라 여기서는 물도 난다
새도 못날 벼랑 끝을 날아예는 비봉폭포
묻노니 비봉 너머엔 무엇, 또 나는가?

— 「비봉폭포」 전문

천년간 잠을 자던 해동성국 기왓장이
호미 끝에 걸려나와 달그락 하는 소리
찰나에 온 해동성국이 일어설 듯 하니라

— 「해동성국」 두수 중 둘째 수

「비봉폭포」에선 산새만 나는 '비상'이 아니고 물도 또한 비상 한다고 했다. 그대로 시각적으로 포착된다. 여기에서 물이 난다 (飛)가 주는 맛이 신선한 효과를 주고 있고 폭포의 낙하 시, 작은 물방울의 움직임까지 감지할 수 있다는데서 시적인 의미와 기교를 파악하게 한다.

「해동성국」에선 천년 잠을 자던 해동성국이 호미 끝에 걸려 나와 일어설 듯 하다고 했다. 유적이나 고적을 발굴하여 당시의 연대를 파악하고 그 문화적 규모와 유래를 측정해 낸다. 이 같은 작업의 행위가 '호미 끝에 걸려 나와 달그락 하는 소리'로 압축해 놓음으로써 발굴현장을 보다 생생하게 전달하고 있다. 기타 여러 작품을 열거할 수도 있겠으나 이를 작품들이 시조시를 창작하는데 하나의 활력소가 되었으면 싶었다.

끝으로 한춘섭 시인과의 돈독한 형제애가 시조시를 활짝 개화시켰으면 하는 바람이다.

형상의 옥을 갈아 지향하는 미의 천국

박구하

대담일시: 2003년 11월 3일
대담장소: 중국 길림성 연길시 상우대호텔
대담자: 박구하(시조월드지 편집장)
배석자: 김응준, 김학송, 조용남, 정철, 최혜숙, 최강(이상 시조시
인), 김관웅(연변대학 교수 문학평론가)

리상각 선생님 안녕하십니까? 이렇게 가까이 뵙게 되니 영광
입니다. 선생님은 지난 2000년도 '시조월드' 제2회 문학상 대상
을 받으신 분으로 본지에서 특집을 꾸민 적이 있으며 연변시인
이면서 한국 내는 물론 세계무대에서 오랜 시작품 활동으로 그
이름이 이미 세계화되어 있어 낯설지 않습니다. 우선 '시조월드'
독자에게 간단한 인사말씀 좀 해주실까요?

감사합니다. 멀리 한국에서 이렇게 찾아와 주시니 무어라 감
사의 말씀 드려야 할지 모르겠습니다. 특히 '시조월드'는 연전에
김호길 선생 이하 여러분이 직접 이곳 연길에 오셔서 저희들과
접견한 적이 있고 '시조월드'는 그때 이곳 출신 김학송, 이성비,
권순진 등 세 시인의 작품을 거두어 시조월드 신인상을 시상하
여 고국무대에 시조시인으로 등단시켜 주신 점 대단히 고맙게
생각하고 있습니다. 이 세 분은 지금 이곳 연변에서 왕성한 시
조작품 활동을 전개하고 있으며 앞으로 우리 연변문단을 이끌

어나갈 동량재 역할을 다하고 있습니다.

선생님은 이곳 연변문단을 이끌어 오신 산 역사요, 산 증인이라 할 수 있는데 문학 활동, 특히 시조작을 언제부터 어떤 계기로 하셨는지요?

저는 강원도 양구군 해안면 만대리에서 태어나 세살 때 북만주로 부모님을 따라 이주하였습니다. 태어난 고향에 대한 기억은 없지만 북만주를 전전하면서도 어릴 때부터 시조가락을 들으며 자랐고 뒤에 '이화에 월백하고 은한이 삼경인 제'하는 고시조를 지으신 이조년 님과 '까마귀 검다 하고 백로야 웃지 마라'를 쓰신 이직 님이 성주 이씨 제 선대 조상임을 알고 시조에 더욱 애착을 가졌습니다. 자유시도 많이 썼지만 제 시의 모태는 역시 시조의 율격과 가락이고 나이가 들어서는 시조에 더욱 치중하고 있습니다. 시조는 우리 민족의 정형시라는 말이 있지만 그 이전에 저에게는 저 문학의 피와 살의 원형질이라고 생각하고 있습니다. 앞으로도 우리 민족의 향기로운 얼을 몰부어서 시조라는 꽃나무를 열심히 가꾸어 나갈 생각입니다.

저는 사업상 중국에 비교적 자주 내왕하는 편인데 실은 연길에 온 것도 이번이 네 번째가 됩니다. 평소 리상각 시인을 비롯한 이곳 문인들과 상면해 보고 싶었습니다만 매번 일정이 바빠 여의치 못하였습니다. 이번에는 작정을 하고 왔기에 시간을 낼 수 있었습니다. 역시 이렇게 여러분들을 만나 뵈니 하나도 남 같지 않고 오래전부터 알던 사이인 것처럼 반갑기 그지없습니다. 저는 한국서 1980년대에 우리 시조를 노래로 부르는 시조창과 가사, 가곡 등 정가를 인간문화재고 전효준 님 및 이왕교 님으로부터 직접 배웠고 1990년 후반부터 《시조문학》지 편집 일을 보면서 시조문학에

심취하게 되었는데 최근 이삼 년 전부터 《시조월드》지 편집에 전념하고 있습니다. 이렇게 시조 일에 매달리다보니 사업과 시조 중 어느 것이 주업인지 저 자신 헷갈릴 때도 많습니다. 《시조월드》는 아시다시피 미국에 계신 김호길 선생님이 창설하여 어려운 가운데서도 지금까지 발행해 오면서 제가 한국 쪽에서 총책을 맡아 제작에 관여해 왔습니다. 《시조월드》는 여타 전문지와는 달리 시조의 세계화를 추구하고 있기 때문에 해외 시조단 활동에 관심이 많으며 그 일환으로 작년에 제가 북경에 가서 그곳 문단의 대부격이신 김철 선생을 만나 대담을 한 적이 있습니다. 이곳 연변문인들과는 첫 대면이오니 연변문학을 중심으로 중국 내에서의 조선족 문학 현황에 대해 말씀해 주십시오.

김철 선생은 북경뿐만이 아니라 우리 조선족 문단의 대부이십니다. 연변에서 오래 활동하시다가 1990년 초 북경으로 이주하셔서 그곳에서 한상(韓商)을 중심으로 조선족문학을 주도하고 계시며 그분 자제분이 여기 아직 거주하고 있어 이곳과는 계속 연락을 유지하고 있습니다. 저는 북만주 흑룡강성 상지조선사범을 나왔는데 그곳에서 좋은 문인선생님들을 만나 문학과 친해졌습니다. 스무 살 때 《연변문예》에 처녀작 「아침」을 발표하여 등단하였고 그 후 연변대학 어문학부를 졸업하고 연변 유일의 문학잡지 월간 《천지》사에 편집 일을 보면서 본격적인 문인의 길로 접어들었습니다. 저는 그 후 《천지》사의 주간을 하다가 물러났고 그 《천지》는 지금 《연변문학》으로 개칭, 발전하여 오늘에 이르고 있지요.

이곳에서는 문인들의 등단은 어떻게 이루어지나요?

한국처럼 신문사의 신춘문예나 잡지사의 추천제도 같은 것은 없으며 본인들의 작품 활동을 제일 중시합니다. 본인들이 공개간행물(잡지, 신문)에 일정분량 이상의 작품을 발표하고 그 작품들이 작가회의에서 통과되어 작가회원으로 등록되어야 등단한 것으로 인정됩니다. 시 같으면 40편 이상, 소설이나 수필은 10편 이상이 되어야 하며 문학상 수상작품은 평정시 가점이 주어집니다.

연변문인들은 해외동포사회 중에서도 비교적 문화적 공감대가 고스란히 남아있어 타 지역에 비해 행복한 편이라고 보아집니다. 제가 모스크바 등 러시아 여러 지역에도 가봤는데 그곳에 흩어져 있는 한인 즉, 고려인들은 생활도 어려울 뿐 아니라 무엇보다 한국어가 통하지 않아 가슴이 아팠습니다. 얼굴 생김새는 영락없는 우리 조선의 영이나 순이를 닮았는데 이름은 소냐니 나타샤니 하고 부르고 말은 속사포같이 빠른 러시아말을 쓰니 아무래도 동족이라는 느낌이 덜했습니다.

이곳 연변은 어느 지역보다 조선족 사회가 잘 보존되어 왔지만 근간 한국의 발전과 중국의 개방정책으로 조선족 사회가 해체 내지 붕괴되는 과정에 있습니다. 그래서 우리 조선족문학이 더욱 필요하고 우리 문화와 문학의 보존에 우리는 민족의 희망을 걸고 있는 것입니다. 그러나 워낙 경제적인 면에서 열악하여 문학행사나 여타 반전적 모임을 꾸려나가기가 힘이 듭니다.

지금까지 선생님의 시작품집이 16권이나 된다니 창작열이 대단하십니다. 그 많은 시집 중 특별히 애착이 가는 시집이 있습니까? 『까마귀』라는 시집은 꽤 제목이 특이한데 하필 『까마귀』라고 하신 이유가 있으십니까?

뭐, 부끄럽습니다. 그때그때 지은 시를 정리하는 차원에서 묶다보니 권수만 많아진 것 같습니다. 어느 시집이라고 꼬집어 특별한 애착은 없으며 모든 시집이 다 제게는 귀하고 아픔을 뚫고 나온 제 내면의 소리들입니다. 『까마귀』는 어느 날 '까악까악'하고 우는 소리가 마치 내게는 '가오 가오'하는 소리처럼 들려 시 한 수를 지었는데 그 시를 지은 이틀 후 제 모친께서 별세하셨습니다. 그래서 특히 제 모친을 기리는 마음에서 『까마귀』라 제해 본 것입니다.

까마귀는 세상에서 불길한 새라고 한다지요? 그러나, 사실은 가장 영리한 새로 우리 인간에게 미리 어떤 징조를 알려주는 고마운 새입니다. 흔히 우리나라에서는 까치를 길조라 하고 까마귀를 흉조라 하지만 서양에서는 정반대입니다. 기실 까치는 사납기가 매보다 더 해서 자기의 '나와비리(영역, 구역)'에는 어떤 새도 들이지 않으며 설사 매나 독수리가 와도 동료끼리 덤벼들어 쫓아낸다고 하지 않아요? 까마귀는 흉사가 생길 것을 미리 알려주니 오히려 고마운 존재인데 사람들은 고마워하는 대신 그 결과만 가지고 미워하는 겁니다. 실제 까마귀는 세살 아이 정도의 지능을 갖고 있다고 하고 반포지효라고 하여 늙은 어미 새를 부양하는 효도의 새이기도 하지요. 우리 시조에도 '까마귀 검다하고 백로야 웃지 마라'는 시조가 있지 않습니까? 선생님의 시집 『까마귀』를 읽으면 그런 일관성과 육친에의 사랑이 느껴져 감동을 받습니다. 선생님을 뵈면 꼭 재주 많은 소년 같은 느낌이 들고 늘 잔잔한 미소를 띠고 있어 대하기가 푸근해집니다.

어이쿠, 이거 한방 맞습니다. 어릴 때는 그림도 좀 그리고, 작곡도 몇 편 해보았습니다만 하나도 제대로 하는 것은 없지요. 까마귀는 제가 그냥 소재로 택한 것이었는데 까마귀에 그런 덕성이 있었군요. 사실 겉 희고 속 검은 이가 백로 쪽에 더 많으니 오히려 까마귀 편에서 우리가 취할 덕목이 많다 하겠습니다.

선생님의 시세계는 그리움과 기다림의 시인, 미와 행복의 추구, 자연과 인생에 대한 무한한 사랑을 가진 시인이라는 평이 있습니다. 김철 시인도 선생님의 시에는 사색과 철리성이 담겨 있다고 하며, 전경후정을 펼치는 전형적인 서정시인이라는 평이 있습니다. 선생님의 시세계를 간략히 언급하여 주시겠습니까?

시는 내 몸의 일부입니다. 그것은 내 몸과 떨어질 수 없는 내 마음이기 때문입니다. 인생의 꿈과 사랑과 착한 것과 참된 것, 아름다운 모든 것을 지향하는 내 마음이 시를 만듭니다. 시인은 영감의 문을 열고 객관사물과 교감을 가지면서 자연발생적인 감정을 그대로 드러내는 것이 아니라 그것을 여과시키고 다듬이질해서 형상의 옥을 만드는 재창조의 노력을 퍼붓게 됩니다. 이와 같이 우리가 꾸준히 시를 쓰노라면 미의 천국에 들어설 수 있지 않을까요? 이러한 생각을 가지고 나는 시를 씁니다만 아직도 거리가 너무나 먼 것을 안타깝게 생각합니다. 요즈음 자기도 모르는 사이에 흥취와 시풍이 변해가고 있는 것은 어쩔 수 없습니다만, 나는 여전히 뜻이 없는 시를 쓰지 않기로 하고 있습니다.

그간 한국문단 내지 이곳 방문인사와의 교류내용과 이곳 문단상황에 대하여 시조문학을 중심으로 이야기해 주십시오.

이곳에서는 중국 내 소수민족문학의 하나로 조선 문학이 자생하고 있었습니다만 시조문학의 발달사는 약간 다릅니다. 그것은 1990년대 초 한국의 《시조생활》사에서 유성규 박사님과 서한샘 국회의원이 연길을 방문하였을 때 저와 만나 시조문학에 대하여 거론을 한 것이 최초입니다. 그때 이곳에 민족의 정형시인 시조의 단체가 없는 것을 자각하고 저를 비롯한 원로문인들의 발기로 1992년 10월 '연변시조시사'(延邊時調詩社)를 창설, 제가 초대 명예사장을 맡았습니다. 한편, 그에 앞서 한국의 한춘섭 시조시인이 1989년 3월경 장춘에서 발간되던 《북두성》이라는 잡지에서 시조가 실린 것을 발견하고 연락을 취해와 이곳 연길에서 나오는 《천지》(연변문학 전신)와도 연결이 되어 그 주간을 맡고 있던 저와 만나 시조를 이야기 하고 저와는 의기가 투합하여 의형제를 맺기도 했습니다. 그 후 의형제시조집도 내기도 하고 한춘섭 시인이 매년 경비를 고정적으로 보내와 우리 '연변시조시사'를 도와주고 있습니다. 그 후 2000년에는 귀 《시조월드》사의 김호길 시인이 찾아와 도와주었고 저는 개인적으로 시조월드문학상 대상을 받기도 했습니다. 거기다 이번에 박 시인께서 이렇게 찾아와 저희를 격려해 주시니 큰 힘을 받습니다.

'연변시조시사'에서는 어떤 활동을 하고 계시나요? 어린이시조에 대하여는 어떤 활동이나 계획을 가지고 계시는지요?

연변시조시사는 이곳 연변지역에서 유일한 시조단체로서 많은 활동을 해오고 있습니다. 아니 모든 시조활동이 이 시사를 중심으로 벌어졌다고 해도 과언이 아닙니다. 93년 이래 연변시조문학상을 빠짐없이 시상해 오고 있고, 시조 짓기 백일장도 그간 5-6차례 가졌습니다. 시조창작 강연회 등을 열기도 하였고, 시조시인들의 시집출간도 종용하고 출판기념회를 열어주기도 했습니다.

우선 시사 창립 이듬해인 1993년 12월 중국 최초로 『중국조선족시조선집』을 발간하였습니다. 연길시는 물론, 심양, 북경의 시인들을 망라하여 김철, 리상각, 허용구, 김동호, 김동진, 김태갑, 박화, 정몽호, 최룡관, 윤태호, 김경석, 김영근, 김호근, 김영진, 리용걸, 리근영, 리룡득, 리해산, 전춘식, 정철 조시권, 최문섭, 최홍

배, 최현, 황장석, 김응용, 김응준, 강효삼, 김영자, 한동해, 한춘, 김욱, 김해룡, 전국권, 주단, 김진용, 남희풍, 리삼월, 김창걸, 문창남, 방태길, 설인, 차녕호, 조용남, 리창인, 김학송, 송정환, 허대진, 허흥식, 현규동, 허태진, 황학용, 윤태삼, 임효원 등 총 54명의 시인들 작품 500수를 취합하여 북경민족출판사 발간으로 책을 내었는데 이것은 일찍이 없었던 일이었습니다. 김철 시인은 이것은 '중국내 조선민족 백년사에 첫 시조선집이요, 12억 대국에서 2백만은 쌀의 뉘만치도 못한 우리 동포사회에 자기 글로 된 시조가 집대성되어 나온다는 것은 희사가 아닐 수 없다'고 감격한 서사가 실려 있습니다. 이 시조집은 그 후 미국에도 알려져 1996년 10월 김운송(여성) 박사에 의하여 미국남가주 SanBruno시에서 영문시조집 『Selected Sijo by Korean Poets China』(중국조선인시조선집)이라 번역시조집을 발간하기도 했습니다.

그 후 저와 한춘섭 시인 공동의 의형제시조집 『민들레 홀씨 둘이서』가 나왔고, 윤태호의 『성산별곡』(1997), 김동진 『청자기의 꿈』(1999), 리상각 『에밀레종』(2000) 등 시조집이 잇달아 발간되면서 시조문학의 꽃이 피었습니다. 그러다가 2002년 1월 두 번째 중국조선족시조선집 『다시 만나도 그리운 사람』(료녕성 민족출판사, 심양시)을 내놓았습니다. 이것은 93년 연변시조시사 창설 이후 10년간 발표된 작품을 집대성한 것입니다. 여기에는 1993년 이래 시상해온 연변시조문학상 작품이 연도별로 수록되어 있습니다.

참으로 놀랍습니다. 고국으로부터 아무런 혜택도 받지 못하고 어쩌면 쫓겨났다시피 떠난 선대의 고국을 잊지 않고 고국의 언어로, 고국의 정서를 이렇게 고국의 시인 시조로 나타내어 시조선집까지 엮어내고 있으니 정말 고맙고 눈물겹습니다. 여러분들의 활동상은 저도 국내외 잡지를 통하여 여러 번 보았습니다. 특히 제가 《시조문학》지의 편집을 보고 있을 때 중국특집을 다루었던 일(시조월드 2002년 상반기)이 생각납니다. 그때 저는 이미 이곳 여러분들의 시조를 읽고 진작부터 만나보고 싶었습니다. 그 외에도 《현대시조》(1994겨울)에 한춘섭 시인이 논고 「중국연변시조 개관」을 발표하신 적이 있었지요. 또 제가 《시조월드》에서 해외 시인조명(시조월드 2003년 봄)을 통해 김철 시인을 소개하기도 했구요.

박구하 선생님의 존명은 인편이나 지면을 통해 익히 알고 있습니다. 시조창작뿐 아니라 시조사업을 위해 어려운 일, 큰일을 많이 해내고 계신 줄 잘 알고 있습니다. 이곳 문인들에게는 이미 유명인사가 되었어요. 앞으로 《시조월드》를 통해서나 개인적으로나 우리 연변시조를 위해 많은 활동과 지원을 해주셨으면 합니다.

제가 무슨 힘이 있습니까? 또 아는 것도 없습니다. 다 여러분들이 스스로 길을 개척해 나가야 할 것이며 그 과정에서 서로 도울 수 있는 것은 돕고 공동보조를 취해 나갈 것은 나가는 거죠. 그런데 우리 시조단은 연령층이 대체로 고령화되어 있는데 이것이 제일 큰일입니다. 여기도 대체로 나이가 드신 분들이 많은신 것 같은데 우리 한국도 마찬가지거든요. 우리 시조가 젊어지려면 그리고 백년대계를 이어나가려면 무엇보다 시조시인들의 평균연령이 젊어져야 합니다. 이를 위해 우리 《시조월드》에서는 어린이 시조운동을 전개하고 있어요. 《시조월드》가 출발할 때인 1999년부터 시작한 이 운동은 작년에 한국 최초로 사단법인 세계시조 사랑협회를 창설하였습니다. 이 협회의 최대사업은 전국에 시조교실을 열어 어린이 꿈나무에게 시조를 가르쳐 육성하는데 있습니다. 지난해까지 4회에 걸쳐 총 400여 명의 어린이 시조시인을 양산해 내었습니다. 내년부터는 이곳 연변이나

중국 기타 지역에 어린이 시조교실을 개설하려고 하는데 이곳
여건은 어떠신지요?

참으로 대단한 일을 하십니다. 어린이시조, 동시조의 육성이야
말로 우리 시조가 당면한 최대 과제인데 방금 박 시인으로부터
이 말씀을 듣고 보니 이 분야에 우리 모두 소홀했던 것 같군요.
이곳 연변에도 조선인초등학교가 많이 있는데 내년부터 시조교
실을 열도록 주선해 보겠습니다. 박 선생님과 한국의 세 시사의
많은 협조와 지원을 기대하겠습니다.

좋습니다. 꼭 그렇게 해주십시오. 연변시사 같은데서 이 일을
주도하시고 학교별로 수요자를 파악하여 운영책임자를 뽑고 강
사진도 마련해 주어야 할 것입니다. 그렇게 하여 양성된 어린이
들은 내년 7월말까지 선발하셔서 시조월드에 공고하는 바와 같
이 제5기 세계어린이 시조시인 공모에 작품을 보내주시기 바랍
니다. 심사 후 어린이 시조시인 타이틀을 부여하고 필요에 따라
시상식에 초대하거나 상장을 우송해 드리겠습니다. 이 어린이들
이 자라서 한 사람의 문학 지망생, 훌륭한 시조시인이 된다면
좋을 것이며 저는 이것이야말로 우리 시조를 젊게 하는 유일한
길이라 생각합니다.

참으로 혜안이십니다. 박구하 선생님은 시인이기도 하시지만 사
업가이시니까 사업적 안목도 대단하게 보입니다. 아무쪼록 사업 분
야에서도 성공하셔서 우리 시조단을 많이 도와주십시오.(웃음)

장시간 대담에 응해주셔서 감사합니다. 모쪼록 연변 시조단이
뭉쳐서 오래오래 우리 시조를 지켜나가기를 바라겠습니다.

시인 리상각과 시조문학

조성일

1

리상각 씨는 조선족시단에서 중견역할을 하고 있는 시인이요, 조선족문학발전사의 거보(巨步)적 인물 중의 한사람이다.

리상각 씨는 일찍 중학학창시절부터 시문학에 애정을 몰붓기 시작하여 오늘에 이르기까지 장장 반세기를 웃도는 창작생애에 왕성한 창작의욕을 불태우면서 시 창작에 전념하여왔다.

그 와중에 리상각씨는 시집『만무과원 설레인다』(1980년), 『중국조선족 구전민요집』(1980년), 시집 『사랑의 꽃바구니』(1985년), 시집 『두루미』(1989년), 시집 『정다운 그 이름이여』(1993년), 시집『울지를 않으마』(1995년), 시집『물빛으로 살고 싶다』(1996년), 시집 『까마귀』 등 16권을 간행하여 조선족시문학발전에 마멸할 수 없는 기여를 하였다.

시인 리상각 씨는 이런 눈부신 창작성과로 하여 중국소수민족문학 우수상, 길림성장백산문예대상, 시조월드대상, 세계시랑송연구회 금관상 등을 영예롭게 수상하였고 조선족시단의 원로시인 중 한분으로 사랑을 받고 있으며 또한 이런 사랑 속에서 선후로《연변문학》월간지 주필, 연변작가협회 부주석을 역임하였고 정년은퇴 후에도 중국작가협회 회원, 중국소수민족작가학회 상무이사, 연변시조시사 명예회장, 미주세계시인회 회원으로 국내는 물론 세계동포문단을 누비면서 자기의 여생을 아름답게 가꿔가고 있다.

시인 리상각 씨의 창작연보를 훑어보면 서정시, 서사시 창작 및 민요채집 과정과 더불어 우리의 눈길을 끄는 것은 시조시 창작이다.

50년대 중반부터 70년대 후반까지 무시로 덮쳐드는 정치운동의 무정한 세파와 민족문학말살정책으로 말미암아 시조시는 그 무슨 음풍영월하는 고루한 문학으로 낙인 되고 시조시 창작은 시인들이 접근할 수 없는 '금지구역'으로 추락되었던 것이다. 하지만 '문화대혁명'이 마무리되고 80년대부터 개혁개방의 물결이 중국대지에 흘러넘치자 시조문학창작도 새로운 해방을 맞게 되었다.

이런 시대적 변화에 민감한 시인 리상각 씨는 치열한 민족의식과 지성인의 양지(良知)로 조선족시문학의 전면적인 발전에 역동적인 힘을 부여하고 저 80년대 말부터 자유시 창작과 함께 우리 시문학의 뿌리라 할 수 있는 시조문학연구와 현대시조 창작에 예각적인 대응을 꾀하였다.

주지하다시피 시조는 우리 민족 고유의 정형시요, 우리 민족의 혼과 숨결로 빚어진 자연화 된 문학양식이요, 지금까지도 독자층을 확보하고 있는 전통문학이다. 시인 리상각 씨는 자기의 창작실천을 통해 시조에 대한 남다른 애정과 투철한 인식을 무르익히게 되었다. 그는 의형제시조시집 『민들레 홀씨 둘이서』의 첫머리에서 시조에 대한 자기의 생각을 이같이 설파하고 있다.

'3행밖에 안되는 시조시이지만 그 뜻은 길어내고 길어내도 끊임없이 용솟는 샘과도 같아서 오랜 세월을 두고두고 읊어져내려 온 명시조들은 자손만대 후손들에게도 영원히 전해질것이다.

읊기 쉽고 외우기 쉽고 읊으면 읊을수록 맛이 나는 시조시는 광범한 대중에게 널리 보급될 수 있어서 또한 예술생활화에도 가장 훌륭한 문학이다.'

시조를 아끼고 시조의 명맥을 이어가는 것을 숙명으로 받아

들인 리상각 씨는 시조시 창작에서 부지런히 필을 날려 조선족
실험현대시조창작의 첨단을 걸어오고 있다. 그가 펴낸 의형제시
조집 『민들레 홀씨 둘이서』(1994년, 한국 신동아출판사 출판),
시조집 『에밀레종소리』(2000년, 한국 국학자료원 출판), 그리고
'해외시조문학상' 수상이 그 증언으로 된다.

　중국 연변시조시사의 명예회장직을 맡고 있는 리상각 씨는 시
조가 조선족시단에 아름다운 한 송이 꽃으로 만개하게 하자면 조
직적인 담보와 시조시 창작의 보급을 위한 끈질긴 작업이 뒤따라
야 한다는 것을 절감하였다. 따라서 그는 남다른 용단과 인내에
기대여 중지를 모아 연변시조시사를 창립하였고 시조백일장을
개최하고 시조문학상을 제정 시상하고 한국과의 시조문학교류를
활성화시킴으로써 조선족시단에 시조창작부흥기를 안아왔다.

　위의 사실이 웅변하다시피 리상각 씨는 조선족시단에 '우리
민족의 향기로운 얼을 몰부어서 시조라는 꽃나무를 열심히 가
꾸어온' 선두주자요, 한국시단에서 최초로 공인받은 중국조선족
현대시조시인이다.

2

　시조집 『에밀레종소리』는 리상각 시조창작을 집대성한 대표
적인 작품집이다.

　이 시조집이 시사하다시피 리상각 시조문학의 세계는 풍만하
고도 다채롭다고 말할 수 있다. 그 현주소를 주제별로 크게 구
분하여 집어보면 자연의 순결함과 아름다움, 민족적인 애수와
한, 뜨거운 사랑의 정, 인륜도덕과 사회비평의식 등이 주목된다.

　그의 시조문학에서 무엇보다 먼저 우리에게 싱그럽게 안겨오
는 것은 자연관계 시조이다. 그는 자연을 매체적상관물로 하여
자연과 인간의 친화력과 교감을 떠올리면서 우리 삶의 가장 근원

적이고 원초적인 의미를 지닌 생명성에 대한 감각적 쾌감과 자연
의 아름다움, 순결성을 통한 인간의 고상한 정신적 가치들의 추
구를 묘파함이 특징적인바 그 사례로 두 수의 시조를 들어보자.

> 설 눈은 별빛 파르무레 눈부시다
> 티끌이 없는 세상 한바탕 뒹구를까
> 하느님 새로 만든 세상을 더럽히면 어쩌리

—「설 눈」

> 백두산 푸른 솔이 빙설 위에 꼿꼿해라
> 광풍이 몰아친다 허리 굽힘 있을손가
> 장하다 활개 치는 솔 불어 예는 휘파람

—「솔」

위의 두 수의 시조시에는 자연의 아름다움과 순결함과 싱그
러움에 대한 감각적 쾌감과 삶에 대한 강한 의지와 열망이 투
시되어있다. 실로 그의 자연시조에서는 풍경과 물상이 거의 다
생명성으로 충일되어 자연과 시적 '자아'가 상호 확산적 교감을
보여주고 있다.

적지 않은 경우 그의 시조에서 자연물들은 흥겨운 분위기를 보
이고 시적 '자아'는 법열의 상태에 있다. 그의 이런 시조들은 시
적 '자아'와 자연과의 극복할 수 없는 '존재론적 거리'를 전제로
한 것이 아니라 양자의 친화력에 뿌리를 내리고 있다. 따라서 그
의 자연시조에는 비극적정조가 거의 없는 것이 특징적이다.

리상각 씨의 시조집을 보면 고향을 다룬 시조들이 많다. 그
저변에서 울리는 것은 어머님의 상실, 고향상실, 민족의 비극으
로 인한 향수와 한이다. 그의 시조에서는 화자가 몸부림치는 그
리움의 바다 위를 맴돌며 「울어 예는 갈매기」로 등장하여 향수

와 한의 구슬픈 가락을 엮는다. 이는 역사적 원인으로 하여 중
국에 살게 된 조선족들의 특수한 정서적 흐느낌과 맥을 같이
하고 있는 것이다. 이런 주제를 다룬 시조 중 「에밀레종소리」를
대표적으로 꼽을 수 있다.

> 어머님 등에 업혀 만리 길을 떠나서
> 파란 많은 인생길 가시덤불 헤쳤나니
> 가슴에 노상 울렸네 에밀레종소리
>
> 에밀레종소리 속 시원히 들어볼까
> 조약돌 들었다가 슬그머니 놓았어라
> 불쌍한 어머님 생각 눈물 눈물 솟아라

　이 시조는 우리 동포라면 그 누구도 잊으려야 잊을 수 없는
전설과 역사적 사실을 바탕으로 하여 씌어진 상상물이다. 이 시
조에서 에밀레종소리는 어머니의 상실, 고향상실, 민족비극의 통
합적인 이미지로 우리에게 안겨온다.
　'이 시인의 경우 에밀레종의 여운은 바로 고국이자 어머니의
울음이요, 울림인 것이다. 어머니의 등에 업혀 떠나 살게 된 이
후에도 그의 가슴에선 늘 에밀레 에밀레 울리는 울음을 듣는
것이다. 여기서 에밀레의 울음은 단순한 어머니의 그 무엇이 아
니다. 어머니를 통하여 모국애와 모토(母土)의 사랑, 고향의 향
수 그리고 호강 한번 못하고 살다 저쪽 세상으로 떠난 선조들,
그리고 숱한 생의 난관을 극복하고 살아온 과거의 나날, 이 민
족이 감내해야 했던 슬픈 역사 등이 한데 어울려 우는 에밀레
종인 것이다.'(이상범의 「토착서정과 '에밀레'의 여운」에서)
　실로 에밀레종인 것이다. 우리 민족의 향수와 한이 서린 너무
나도 애처로운 울음소리이다. 하기에 에밀레종 앞에 선 시조 중
의 화자가 그 소리 들어볼까 조약돌을 들었다가 차마 던지지

못하고 슬그머니 놓고 말았다고 한 시적표현 '이 시조시의 절정인 관주(貫珠)에 해당된다.'(이상범)

리상각 씨의 시조문학은 「반가운 임」, 「꿈」, 「기다림」, 「임아」 등 시조가 보여주다시피 본원적인 사랑의 주제를 감명 깊게 취급하고 있다.

> 조용히 앉아있으면 가슴 더욱 설레어라
> 단둘이 마주서면 어찌할 바 몰라라
> 눈으로 주고받은 정 더욱 할 말 많아라

―「정」 전문

뜨겁고도 끈끈한 정을 기반으로 한 그의 사랑시조는 사랑의 기쁨, 짝사랑의 외로움, 이별의 안타까움과 그리움, 실련의 아픔 등 다양한 양상을 보여주고 있지만 그의 사랑시조에서 주조(主調)를 이루는 것은 뜨거운 연모의 정과 애절한 그리움이라 생각된다. 이런 연모의 정과 그리움은 매우 깨끗하고 밝으며 순결하고 지향점을 갖고 있는 것이 특징적이다.

리상각 시조문학의 주제풍향에서 또 하나 이채를 보여주고 있는 것은 풍자적 해학을 통한 인륜도덕과 사회의 그릇된 풍조에 대한 비판이다. 시조집 『에밀레종소리』제4부 「사나이 마음」에 수록된 시조들과 제5부 「괘씸한 모기떼」에 실린 시조들이 그 사례라 할 수 있다.

> 울고도 왜 우는지 저도 알지 못하네
> 웃고도 왜 웃는지 저도 알지 못하네
> 남 멋에 울고 웃는 자 움직이는 산송장

―「산송장」

세상을 바늘귀로 내다보는 사람이
의심이 많으면은 곳곳에 원수로다
아느냐 믿음이 있어야 벗이 모여드는 줄

                              ―「의심」

위의 두 시조는 우리 시대의 혼탁한 정신적상황과 비도덕성
을 비판하고 있다. 이런 비판 속에는 우리가 일상적으로 보게
되는 비인간적인 허위적인 혹은 파행적인 삶에 대한 부정적인
자세와 그러한 삶에 함몰되지 않고 건강하게 살려고 하는 시인
의 강직한 지사적 모습이 슴배어 있는 것이다.

이런 주제에 비쳐진 그의 시조시들은 일반적인 경우 개체의
실존적인식보다 사회의식이 전면에 나서고 있는가 하면 그 표
현에 있어서는 비유와 익살과 상징의 형식을 취한 것과 직설적
인 진술의 형식으로 사회의 부정과 비리에 대결하는 두 가지
양상을 보여준 것이 특징적이다.

3

시인 리상각 씨는 「시와 인생」이라는 글에서 시에 대한 자기
의 미학주장을 다음과 같이 피력한 적이 있다.

'시는 인생의 희로애락을 그대로 그려주는 예술이지만 그 속
에 숨쉬는 인생의 꿈과 환상과 신념을 보여주는 것이 무엇보다
중요하다. 이것이 바로 인생에 대한 시의 지향성이다. 희망이 없
는 인생은 죽은 인생이고 지향성이 없는 시는 생명력이 없다.'

시인 리상각 씨는 자유시는 물론 시조시 창작에서도 이런 미
학주장을 체현하고 있다. 그의 시조에는 '아침', '새벽', '꽃', '불
빛', '시냇물', '벽계수', '봄' 등의 밝고 생동하고 희망찬 이미지가

관통되고 있는 바 이는 우연적인 현상이 아니다. 이는 시인의 미학주장에 따른 생성과 변화, 가능성에 대한 정열이요, 미래를 향한 열린 세계요, 바람(望)으로 마음의 창문을 연 상태에서의 초월의식의 표출임에 틀림없다.

따라서 리상각 씨는 결코 절망의 시인이 아니라 희망의 시인이요, 그의 시학은 희망의 시학이라 일컬을 수 있다. 그의 시조시를 읽으면서 우리가 현실세계를 부정한다거나 떠나고 싶은 생각을 갖기보다 현실세계 중의 그릇된 것들을 초극하고 더욱 아름다운 세상을 마련하고 싶은 생각에 물젖게 된다. 그의 시조시의 시풍은 밝고 깨끗하며 섬세하고도 서정적이며 명랑하고 낙천적이다.

'리상각 시인은 깨끗하게 시를 쓰는 서정시인이다. 그의 시조도 마치 시조풍으로 쓴 서정시 같아서 정서적으로 느낌이 매우 좋다. 꽃바람 맞는 듯한 상쾌함, 조약돌을 굴리는 듯한 석수간의 깨끗함, 하얀 눈 속에서 첫 연인을 만나는 듯한 정다움, 이런 것들이 하나의 복합체로 독자를 매혹시킨다.'(김철)

주지하다시피 우리 민족의 전통적 시조는 평시조, 엇시조, 사설시조로 구분되는데 그중 가장 근원적이고 대표적인 것은 평시조이다. 어느 학자가 말한 바와 같이 평시조의 요체는 열고 펼치고 닫는 묘법에 있다. 장과 장 사이를 넘나드는 시상의 연결, 종장에서 살아 숨쉬는 역동적인 운율미, 초 중장을 받는 종장에서의 의미의 고양 또는 돈강(頓降), 유연한 통일감 혹은 반전(反轉)의 효과와 여운에 감동되도록 하는 것이 시조의 특징이다.

또 어느 시인이 말한바와 같이 평시조는 단순한 3행시가 아니라 세우고 펼치고 맺는 초, 중, 종장의 '세 단위 의미구조'를 지닌 뛰어난 시적구조 특히 종장에 '시상의 반전' 구조를 갖추고 있다.

리상각 씨의 시조시는 대부분의 경우 전통적인 평시조를 기반으로 한 연시조로서 전통적시조의 묘법을 살림에 심혈을 몰부었는 바 그중에서 시조의 갈무리 즉 '종장의 처리를 잘해서 시조의 감칠맛을 잘 살리'고 있는 것이 매우 인상적이다.

> 만지지를 마소서 눈으로만 보소서
> 풀잎 끝에 맺힌 진주 영용한 반짝임
> 아뿔싸 옷소매 스치자 이쁜이 사라졌소

이는 시조 「이슬」의 전문이다. 대화체의 어법으로 엮어낸 이 시조는 초, 중장에서 흥분된 가락으로 자연속의 이슬 자체의 아름다움을 묘사하다가 종장에 이르러서는 돌연 반전하여 이슬의 이미지를 '이쁜이'로 변화시킴으로써 작품의 깊이를 더해주고 있는가 하면 여러 모로 생각을 굴릴 수 있게 하는 강한 여운을 남겨주고 있다. 참으로 멋있는 종장구사이다. 이런 시적갈무리 즉 결구법(結句法)은 단연 압권(壓卷)이라 하지 않을 수 없다. 시인 리상각 씨는 시조시의 구성 면에서 종장구사에 모를 박았을 뿐 아니라 장과 장 사이의 유연한 처리 및 시조에서의 글자수의 신축가감, 구별배행(句別配行)에서도 섬세한 배려와 남다른 노력을 보여주고 있는 것이다.

리상각 씨의 시조시는 투명하고 소박하다. 시적 이미지가 혼란스럽지 않고 언어의 표현이 소박하다. 투명한 이미지로 자연을 관조하거나 삶을 통찰하거나 사회를 비판한 그의 시조들은 쉽게 이해되면서도 재미있게 읽혀지며 감칠맛이 나고 감동을 안겨준다. 그의 투명한 시조를 읊어보면 시인의 정신적자세의 엄격성과 예술가적 의식의 명료성이 드러난다. 그의 시조시의 이런 투명성은 독자들을 끌어들이는 포용의 힘을 간직하고 있는 것이다.

리상각 씨의 시조작품은 대중적인 언어감각과 민족적인 운율의식에 밀착되어있다. 그의 시조는 소박한 민중의 일상적인 언어를 활용하고 있는바 관념적인 어투나 현학적인 수사가 적다. 소박한 필부필부(匹夫匹婦)의 정감이 생생하고도 진솔하게 표출되고 있다. 그의 시조시 운율감각의 감정적 친화력이 강하게 안겨오는 것이 자못 기껍다. 그의 시조시 운율은 민족의 전통가락 특히 민요가락에 연원한 것으로 민족적인 정서와 친밀감을 안겨준다. 이밖에도 절제된 감정을 동반한 목소리, 절규나 넋두리가 보이지 않는 목소리, 여성적 섬세함과 기발한 예술 감각은 우리에게 깊은 인상을 남겨주고 있다.

4

시인 리상각 씨의 시조문학은 시인 자신의 창작생애에서 하나의 이정표로 될 뿐만 아니라 조선족 현대시조 개척에서도 시원적인 의의를 갖는 좌표로 된다. 이를 위한 시인의 각고에 경의를 표하는 바이다.

시인 리상각 씨는 70고개에 치닫고 있다. 하지만 그에게서는 젊음의 생기가 분출하고 있는바 이 경우 시조집 『에밀레종소리』의 머리 시조 중의 마지막 몇 대목을 새겨보는 것은 무익한 일이 아닐 것이다.

한 걸음 한 걸음 해 솟는 산에 오르듯
하루 또 하루 엮어갈 황홀한 새 천년은
어쩌면 신비론 세상이리 기분이 둥둥 뜬다

필자는 리상각 시인이 여생에 위의 시조에서 보여준 그런 젊음의 정서적 흥분 속에서 작은 그릇에 우주를 담고 읊을수록 맛이 나고 만방에 향기로운 우리 민족의 시조 꽃송이를 더욱 알뜰히 가꾸어나가길 바라마지 않는다.

그리움과 기다림의 조선족대표 시조시인

(시조시인, 성남기능대학 국문학) 한춘섭

1. 시작의 말

중국인 동포 문인들과 상호 왕래가 된지는 이제 15년에 불과하다. 재일거류민이나 재미교포와 사뭇, 정황이 달라서 아직도 우리 겨레들이며, 조선족 2-3세라고 하지만 일본, 미국인 동포들처럼 상호왕래의 자유롭지 못한 데가 없지 않다. 지금까지 중국 조선족 문인 특히, 시조시(時調詩)를 연결 중심체로 개인과 단체, 또한 단체와 단체교류는 여러 형태로 유지돼 왔다고 하겠지만 실상, 양국간 10년 이상 일관성 있게 오가기는 필자 개인과 '연변시조시사' 단체의 변함없는 교류일 것이다. 하여, 분명한 중국인 국적을 지녀온 중국문인이면서도 한국 고유의 민족시 시조문학을 누구보다 사랑하는 조선족 문인 리상각 시인의 시조시를 이해하기란 흔하지 않은 테마라고 생각되어 그의 자유시 해설문 소개와 더불어 몇 편 대표 시조시를 나름대로 평설 소개하려고 한다.

2. 문인 리상각의 시집 평설(초)

리상각 시인의 첫 시집 『샘물이 흐른다』(1980. 8. 중국 인민출판사)발간 후 발표된 최응구, 리용식(북경대학 교수)의 시평에서 '리상각의 서정시들은 우리 민족시가의 전통을 계승 발전시킴에 그리고, 우리의 시단에 기어한 바가 크다'는 결론을 내리고, 해설 각 항목별 그 요지에서

1. 시인 리상각의 서정시들은 우선 현대성의 원칙으로 일관되어 있다.

2. 리상각의 서정시는 시대의 감정을 전형화 함에 있어서 고도의 집중과 개괄로 특징적이다.

3. 리상각의 서정시는 또한 낭만주의 색채가 짙은 것으로 특징적이다.

4. 우선 시인 리상각은 조선민족의 풍속세태, 민족습관 등을 훌륭히 시작품에 끌어들임으로써 시의 민족적 풍치를 한층 돋우어 주고 있다.

5. 우선 그의 조선어에서 가장 이채를 띤 상징부사들을 아주 다양하게 쓰고 있다.

그 후 『리상각 시선집』(1993. 6. 중국 민족출판사)의 머리글에서 수십 년간 문단생활을 같이 해 온 형님이요, 아우처럼 살아온 김철(시인)도 '그는 대체로 서정시인이다. 사람은 깡깡 말랐지만 서정은 풍만하다. 서정도 호수처럼 깨끗하다. 아마도 백두천지의 정기를 담아서 그럴 테지. 그는 마치도 티 없는 옥과 같은 시어를 굴리고 있다. 그의 시는 흔히 읊으면 시요, 부르면 노래이다. 많은 시들에 자연 상태 그대로의 의태어, 의음어들이 자주 반복되고, 시어를 고름에도 음악적 효과를 살리기에 힘쓴 것을 쉽게 간파할 수 있다.' 했다.

중국시인 리점학은 리상각 시인의 중국어로 번역된 시 작품평을 통해 '나는 그의 시에서 명랑한 광채와 순결, 맑아지고 청신한 형상, 유창한 운율에 감탄한다.'고 했다.

적지 않은 시편들이 우리를 꿈의 세계로 이끌어 간다. 편편

이 색조가 짙은 화폭으로 우리의 눈길을 현혹케 한다.

리상각 시인이 한·중 두 나라의 제한된 국가 왕래정책에 따라 공식적 문학행사에 참석하기 위하여 중국 조선족대표문인으로서 몇 차례 한국을 다녀갔다. 그로 인하여 한국의 여러 문학인들과 접촉할 수 있었으며, 필자 또한 시조시 발전을 꾀하려는 '연변시조시사' 창립을 요청하여 리상각 시인이 이 사업에 앞장서줌으로써 그와는 의형제 결연까지 하는 집안끼리 인연을 맺게 되었다.

리상각 시인이 한국을 왕래함으로써 그의 시집은 한국에서 수월하게 엮어질 수가 있었고, 그 몇 권 서책 가운데 대표 작품평으로 시집 『두루미』(1989. 11. 한국 현대문학) 해설을 집필한 신동욱(연세대학교 교수) 선생의 글 「자연의 서정적 인식과 겨레통합을 전망하는 시 세계」라는 글 중에서

'시인의 섬세하고도 부드러운 감성은 김소월 시인이 보였던 서정미나 그 어조와 감각적으로 서로 통하는 듯이 느껴진다. 전체적으로 보아 시의 조사에 있어서나 율격의 배치에 있어서도 그러하다.(중략)'

고 했다.

결론적으로, 리상각 시인의 시세계는 우리 삶의 온전성과 건강성을 키우고 지키는 전망시학의 수립에 있었음을 말할 수 있다. 그 전망은 역사적 변천과 사회적 개혁을 내포한 것이지만, 보편적 양식이나 삶의 내재적 요구의 타당한 충족을 지향하는 뜻을 지닌다.

또다시 출판된 시집 『울지를 않으마』(1995. 9. 한국 미래문화사)해설을 담당한 전국권(중국 연변대학교수) 문학평론가의 「그리움과 기다림의 시」 글에서도,

'중국 조선족 시단에서 수십 년간 활약하고 있는 이 시인에게는 늘 집요하게 추구하는 고운 꿈이 하나 있다. 그 꿈이 바로 그리움과 기다림으로 표현되고 있다. 그것은 이 시인의 심미 관념과 심미감정의 중요한 내용의 하나로 되고 있다.

그 그리움과 기다림은 곧바로 조상의 넋과 뼈가 묻힌 고토와 고향에 대한 집요한 사념의 정이다. 그 사념은 마치도 이성의 푸른 하늘아래 밤낮 없이 감정의 활화산에서 분출되는 불길과 같이 뜨거운 것이었다.(중략)'

고 했다.

시인은 자기 시의 세계를 고국과 고향에 대한 그리움의 감정세계로부터 더 승화시켜 거레의 대동, 대화합, 대통일의 경지에까지 끌어올리고 있다.

리상각 시인은 일제식민지 시절에 강원도 양구군 해안면 만대리에서 출생하였다. 그러나 유아시절, 부모 등에 업혀 중국 북만주 땅 동북 목당강지구(현 흑룡강성)로 이주하고부터 낯선 땅에서 배고프고 등 시린 유년기를 보냈다. 하루 세 끼니 걱정으로 고난을 감내해야 했던 이 시인은 그 속에서 자라며 흑룡강성 부금현 대면성소학교, 밀산 조선족중학교, 흑룡강성 상지사범학교를 거쳐 첫 교사 부임지로 벌리현 조선족중학교에 배치받아 3년 동안 교육사업에 종사하다가 연변대학 어문학부에 입학하게 된다.

그의 시 습작은 사범학교 시절에 문학지 《동학》(등사본)의 주필활동을 하기 시작하여 문학창작에 열의를 쏟게 되고, 약관의 중학교 교사로서 「아침」 첫 작품을 《연변문예》지에 발표할 때였다. 물론, 대학시절의 '시와 낭송' 동인그룹을 조직하며 《대학생》(등사본) 주필활동에 적극성을 보이며 대학졸업 후 그는 《연변》잡지사 문예편집 담당자로 일하므로 하여《연변인민출판사》,《연변문예》,《천지》등 출판사업 전업 작가로서 일해 왔다.

그러니까 리상각 시인이 시조시 창작의 계기를 만나게 될 수 있음은 1989년도 한국방문이었다.《시조생활》사와《천지》잡지사 초청 왕래에 의한 시조문학 활성화 협의차 대표문인 자격으로 내한한 그 때, 이미 개인초청에 의한 교섭으로 중국 조선족문단 사회에 시조시를 보급하려는 일이 추진되던 때에 이 시인은 그 중책을 맡아 준 장본인이었다.

이 시인의 한국 방문은 그가 부모님을 따라 고국을 떠난 지 53년만의 감격적 고향 방문길이 된 셈이었다. 그 후로 필자 편저로 발간된 중국 조선족시조시집 『하얀 마음, 그 안부를 묻습니다』(1990. 7. 서울 을지 출판공사)에 수록 된 중국 조선족 문인 30여 명의 시조시 작품「하고 싶은 말」에서 이 시인은 한국 시조시단을 향해, '겨레의 심령에 깊이 뿌리박은 시조라는 이 상록수에 우리 모두가 일떠나 물을 주고 알뜰히 가꾸면 그것은 잎사귀마다 가지마다에서 우리 겨레의 얼이 짙은 향기를 뿜게 될 것이다.' 하였다. 그러면서 그 자신이 평생 처음으로 지은 작품 27편을 보냈는데「에밀레 종소리」외 모두 단수 형태의 시조시였다. 그러나, 리상각(중국), 한춘섭(한국) 의형제 시조시집 『민들레 홀씨 둘이서』(1994. 6. 새동앙출판사) 2인공동시집에는 25편의 시조시가 다양한 주제와 다채로운 형식을 구사하면서 작품집을 꾸몄다.

이외 조선족 문인들의 시조시 활동을 총정리 시킨 『중국조선족 시조선집』(1993. 5. 중국 민족출판사), 『다시 만나도 그리운 사람』(2002. 5. 중국 료녕민족출판사) 두 권 시조시 앤솔로지야말로 '연변시조시사' 창립 10주년 기념의 의의를 뚜렷하게 담아내고 있는 작품집이라고 할 수가 있다.

3. 대표작 소개

세 줄기 시행은 세 줄기 빛이로다
작디작은 그릇에는 우주를 담았나니
만방에 향기로와라 우리 시조 꽃송이

짓기는 어려워도 읊기는 즐겁도다
읊을수록 맛이 난다 깊은 뜻에 무릎 치며
알뜰히 가꾸어가세 우리 시조 꽃송이

　　　　　　　　　　　　　　－「시조시 예찬」

어머님 등에 업혀 만리 길 떠나 살고
파란 많은 인생의 가시덤불 헤쳤나니
가슴에 노상 울렸네
에밀레 에밀레여

에밀레 종소리 속 시원히 들어볼까
조약돌 들었다가 슬그머니 놓았어라
불쌍한 어머님 생각 눈물 눈물 솟아라

　　　　　　　　　　　　　　－「에밀레종소리」

그리움이 물이면 바다가 되리라
푸른 하늘 한끝까지 몸부림치는 바다
그 바다 꿈에 본 바다 울어 예는 갈매기

　　　　　　　　　　　　　　－「그리움」

속초라 강원도 기슭을 치는 바다
원한에 몸을 떨고 슬픔에 우는 바다
말하라 물 가르는 칼 세상 어디 또 있겠니

동해물 퍼내고야 통일이 온다면야
칠천 만 함성으로 바닷물 퍼내련만
동해여 너 앞에 선 채 천공만큼 솟구치라

―「東海」

울밑에 호박꽃이 노랗게 피고 지고
지붕에 박꽃이 하얗게 구름 아는
그리운 이내 고향은 어머님의 흰 손길

―「고향 생각」

　인용의 작품 중에서 '에밀레 종소리'는 바로 '고국이자 어머니의 울음이요, 울림인 것이다'라고 한국의 이상범 시인은 평문을 쓴 적이 있었다. 그리고 끝수 중장 '조약돌 들었다가 슬그머니 놓았어라'의 표현은 이 시조시의 절정인 관주(貫珠)에 해당된다고까지 말하였다. 리상각 시인은 '시는 내 몸의 한 부분입니다. 그것은 내 몸과 떨어질 수 없는 내 마음이기 때문입니다.' 하였듯이 그의 기다림과 그리움의 정서는 인간 본래의 참모습을 잃지 않으려는 몸부림일 것이다.

　리상각 조선족 시인은 원래 자유시를 창작하였던 중국인 국적의 조선족문화예술가였으며, 일평생 동안 그의 연보를 훑어보면 출판문화인으로서 살아오며, 길림성 우수간행물 편집상, 중국작가협회 문학편집 영예상,《천지》잡지 단체상 및 개인상,《천지》문학지 동북사회과학 우수간행물상 등을 수상하였으며, 1996

년 9월《천지》총편집 직에서 정년퇴직하였다. 그러면서 중국작가협회 연변분회 부주석, 중국 소수민족 작가학회 상무이사, 무편심, 주중급 직함평심위원회 위원, 연변 5월시사 명예사장, 세계시인협회 가입, 서울 아시아시인대회 참석, 연변시조시사 명예사장, 중국 민간문예가협회 등에 소속되어 활동함으로써 각종 문학상 외 가곡상을 여러 차례 수상하였다.

  1979년－시 「보노라 못 잊어 가다 또 한 번」, 공화국 성립 30
        돌 우수상 수상.(작품이 교과서에 수록)
  1981년－장시 「만무과원 설레인다」, 길림성민족문학상 수상.
  1982년－시 「새소리에 취해서」, 연변우수창작상 수상.
        가곡 「밀림아 전설의 요람아」, 연변우수가곡상 수상.
  1983년－가곡 「떼목이 내린다」, 연변방송국 우수창작상 수상.
  1985년－가곡 「꽃피는 영길」, 연변방송국 우수창작상 수상.
        시 「압록강 물길 따라」, 전국 소수민족문학상 수상.
  1990년－가곡 「은하수」, 중국음악가협회 표연예술 1등상 수상.
  1991년－동시 「별나라」, 우수아동작품상 수상.
  1992년－시 「새벽」 외 북경 민족문학 우수창작상 수상.
        가곡 「연변은 언제나 봄」, 민속절가 대상 수상.
        가곡 「푸른 하늘」, 우수상 수상.
  1993년－가곡 「성화가 났네」, 연변인민방송국 특별우수상 수상.
        가곡 「가자 꿈이 나라로」, 모택동탄생 100돌기념 2등상
수상.
  1994년－중국 길림성 장백산문예대상 수상.

  그러니까, 리상각 조선족 시인의 활동은 시 창작에 국한되지 않은 채 가곡, 민요, 아동시 외『북간도 유머』집 간행 등으로 역사와 문화예술과 출판사업가로서 폭 넓은 예술가의 세계를 향하고 있다. 그런 가운데 우리의 전통 겨레시 장르인 시조시를 무려 500여 수 지었다는 데는 고국의 독자로서도 경하 할 일이다.

4. 마무리 몇 마디

그 광활하고도 먼 중국의 이국 하늘에서 우리말과 전통을 문화와 예술가의 애정으로 감싸 안은 채 리상각 시인은 꾸준하게 이념의 푯대와도 같이 우뚝 나섰다. 자신의 '뿌리 의식'을 평생 간직하고, 은유, 상징의 무한대 깃발을 휘날리면서 오로지 삶의 모두를 '겨레 사랑' 정신에 몰두하여 왔을 뿐이다.

한 맺힌 노래도 꽃밭 앞에 드러내 키우고, 철철 넘치는 그리움의 말솜씨가 모두 역사의 통한을 읊조리는 '조선 사람' 정다움을 찾아 '한민족 끊임없는 얼'을 부지런하게 가꿔왔다고 할 수 있겠다. 더구나 모국의 분단현실까지 뜨거운 갈망으로 통일주제를 뚜렷하게 내세워 읽는 이로 하여금 감동의 염원을 추슬러놓게 하고 있다.

오늘의 연변시조시사가 12년째를 거듭하여 끈기 있게 시조시 창작안내와 백일장 개최, 문학상 시상을 지속함은 순전히 리상각 시인과 한춘섭 시인 두 사람의 의형제 결연의 든든한 초석이 되었다. 한국의 《월간문학》(통권 408호, 2003. 2월)에 기청 시인의 평론 「도도한 민족의 서정, 연변에 부는 시조시 바람」 글에는,

중국 조선족 시조문학이 오늘 이처럼 뿌리를 내리게 된 데는 앞서 잠시 언급한 것처럼 한 개인의 헌신적인 숨은 노력이 있었기에 가능했다. 그가 바로 한국의 한춘섭 시조시인이다. 초기, 아직 중국과 정식 수교가 있기 전 조선족 문인들과의 접촉은 마치 첩보전이나 영화 「미션」을 방불케 하는 위험한 고비를 넘겨야 했다.(이하 생략)

라는 10년을 회고할 수 있는 공개 안 되었던 이야기가 드러

나 있다. 아울러 연변 시조시사 10주년(2002. 8) 때의 한춘섭 기념식 축사를 인용해 둔다.

    역사는 기록이요, 흔적입니다. 오늘 출판된 『다시 만나도 그리운 사람』한 책 앞에서 우리 민족의 자취는 영원할 것이며, 우리 모두에겐 야심에 찬 희망을 생각하면서 좀더 나은 시조시 창작의 청년세대가 끊임없이 이어질 수 있도록 서로 고심해 나가야 하겠습니다.

    앞으로, 중국의 연변 시조시가 한민족 정신을 상징하는 기념비로 우뚝 설 그날을 시조시인이라면 함께 기대해 보면서 그곳 리상각 시인과의 실로, 개인적 이야기 몇 가지로써 마무리 한다.

현대시조의 한 점검

(문학평론가, 경희대교수) 김재홍

　주지하다시피 시조는 전통적인 민족문학의 한 원형이자 정수로서 오랜 세월 우리 민족의 삶과 더불어 호흡하며 전개돼 왔다. 그 속에는 민족의 숨결과 맥박이 살아 숨쉬고 있으며, 혼결과 정서의 살결도 은은히 굽이치고 있는 것이 사실이다.

그렇지만 오늘의 현대시조가 과연 이러한 민족문학의 정수로서 문학적 위상과 가치를 제대로 계승하고 구현해 나아가고 있는가 하는 것은 의문이 아닐 수 없다. 시조란 원래 '시절가조' 즉 시대정신과 감수성을 폭넓고 깊이 있게 수용하고 변용해 가는 민족문학의 가장 오랜 표현방식이자 정수가 아니던가. 그러기에 민족적 특수성을 올바로 구현하면서도 그것이 세계문학의 중요한 한 구성요소로서 인류사적 보편성의 차원으로 확대돼 가지 않으면 안된다.

　바로 이 점에서 시조의 세계화를 모토로 출범한 사단법인 세계시조사랑협회와 그 기관지《시조월드》(The Sijo World)의 의미가 놓여진다. 시조가 단지 우리의 전통문화 유산으로서 골동품적 장르인식을 벗어나서 오늘에 살아 숨쉬는 문학형식으로서 또한 당당한 세계문학의 일원으로서 확대되고 심화되는 한 계기가 될 것으로 이해되기 때문이다.

　《시조월드》지를 일별하면서 먼저 관심을 끄는 것은 시조를 세계화하기 위한 작업의 일환으로 기획한 재외국 동포들의 시조를 다양하게 수록하고 있는 것과 함께 번역시조(영역)란을

마련하고 있는 점이다. 아울러 세계어린이 시조시인특집을 기획
하고 있는 점도 신선하게 부딪쳐온다.

　이중에서 특기할만한 점은 재중국 동포인 원로시인 리상각의
특집이 마련된 것과 더불어 미국거주 원로시인인 고원의 시조
가 발표되고 있다는 사실이다. 이 두 분은 각기 동양과 서양의
대표적인 나라 중국과 미국에 거주하고 있는 해외동포이면서
동시에 자유시와 시조를 함께 쓰고 있다는 점에서 분명 이채로
운 일이 되기 때문이다.

　먼저 리상각 시인은 1936년 강원도 양구에서 출생하여 38년
중국 북만주로 이주하면서 1956년부터 《연변문예》에 작품을 발
표하고 현재 월간 《천지》편집주간으로 일하고 있는 분이다. 이
시인은 그간 중국 작가협회 회원, 연변작가협회 부회장, 지용시
문학회 명예회장을 두루 맡으면서 중국문학과 한국문학, 그리고
그 경계문학으로서 연변문학을 개척하고 이끌어 온 대표적인
동포시인 중의 한 사람이다.

　그는 지금까지 시집 『만무과원 설레인다』(1980년)를 비롯하
여 시조집 『에밀레종소리』(2000년) 등 모두 16권의 시집, 시조
집을 상재한 바 있는 중진 시인의 한 사람인 것이다.

①

　　　어머님 등에 업혀 만리 길을 떠나서
　　　파란 많은 인생길 가시덤불 헤쳤나니
　　　가슴에 노상 울렸네 에밀레종소리

　　　에밀레종소리 속 시원히 들어볼까
　　　조약돌 들었다가 슬그머니 놓았어라
　　　불쌍한 어머님 생각 눈물 눈물 솟아라

　　　　　　　　　　　　　　　　　　　-「에밀레종소리」

②

흐르는 저 강물도 떠나온 고향
그리울까 뉘에게 쫓기어 뒤돌아보지 못하고
울음만 터뜨리며 가네 다시 못 올 먼 길을

―「강물」

먼저 시 ①은 지난 세월 시인의 고난에 찬 이민 생활사와 함께 고국의 산하와 역사에 대한 그리움이 에밀레종소리라는 객관적 상관물로 제시돼 있다. 이 시에서 에밀레종소리는 고국과 민족에 대한 그리움과 부리의식의 표상이면서 동시에 오늘의 삶을 이끌어가고 밀어주는 현실적인 동력이고 미래의 희망적 삶에 대한 표징이기도 하다. 그것은 '어머님 등에 업혀/ 만리 길을 떠나서/ 파란 많은 인생길/ 가시덤불 헤쳤나니/ 가슴에 노상 울렸네/ 에밀레종소리'와 같이 이역 땅 고난의 삶 속에서 향수와 조국애를 일깨워주고는 과거의 종, 역사의 종이면서 동시에 현실의 종이자 미래의 희망의 종에 해당한다는 뜻이다.

시 ②에는 흘러가는 강물을 보면서 애달픈 향수에 잠기면서 지난날의 고되고 아픈 삶을 반추하는 내용이 담겨있다. 특히 '뉘에게 쫓기어/ 뒤돌아보지 못하고/ 울음만 터뜨리며 가네/ 다시 못 올 먼 길을'이라는 구절 속에는 고국 땅에서 내몰리며 쫓기면서 이국땅을 전전하며 살아온 유이민으로서의 강박관념과 불안의식이 담겨있음을 알 수 있다. 이것은 멀리 20년대는 '아, 가도다, 가도다, 쫓쳐가도다/ 입음 속에 있는 간도와 요동벌로/ 주린 목숨 움켜쥐고 쫓쳐가도다'라는 이상화의 시 「가장 비통한 기욕」과 연결되며, 30년대는 '매운 계절의 채쭉에 갈겨/ 마침내 북방으로 휩쓸려오다 // 하늘도 그만 지쳐 끝난 고원/ 서릿발 칼 날진 그 위에 서다'라는 이육사의 시 「절정」의 또 다른 한 모습인 것이다.

　이처럼 리상각의 시에는 온갖 고난과 역경으로 점철돼온 민
족사의 상흔과 함께 오늘날에도 계속되고 있는 약소민족으로서
의 비애와 향수 및 조국애가 안타깝게 표출되고 있음을 본다.

類推의 達人, 여울물소리

- 시조집 『유혹』평설 -

(시인, 선문대학교 인문대학 학장) 黃松文

1

　리상각 시인께서 시조집 『유혹』을 상재(上梓)한다는 말을 들었을 때 문득 떠오르는 게 유추(類推)였다. 아무래도 리상각 시인은 유추의 달인이기 때문이리라.

　유추란, 어떤 사물을 근거로 하여 그것과 같은 조건 아래에 있는 다른 사물을 미루어 헤아리는 일을 말하는 바 이를 위해서는 풍부한 경험이 요구된다. 그래서 경험의 보석이라는 말도 있다. 경험은 이미지를 낳고, 이미지는 경험에 의해서 파생된다. 경험이 풍부하면 풍부한 이미지가 떠오르게 되고, 그것은 시인의 서정적 자아를 통과하여 시어를 생산하게 된다. 따라서 경험이 풍부한 동시에 이를 체험으로 끌어올리는 시인은 풍부한 동시에 이를 체험으로 끌어올리는 시인은 풍부한 창조적(생산적) 상상으로 주제를 위해서 동원될 사물의 감각적 영상을 즉시즉시 배달하게 된다.

　풍부한 경험(체험)에 의한 다양한 이미지는 마치 땜의 저수량과도 같은 성질의 것이어서 수량(수문) 조절이 요구되듯, 시작과정에서도 풍부한 경험의 축적에 따라 이미지의 창조적 전개를 위한 유추능력이 요구된다. 그것은 어떤 원관념을 나타내기 위해서 그와 유사한 보조관념을 차용하여 부려 쓰는 방식을 택하지 않을 수 없기 때문이다. 상징적 시어라든지 은유적 언어

의 차용은 현대식 언어로서 정확하고도 다양한 시적효과를 위
하여 거시적인 망원경적 눈과 미시적인 현미경적 눈으로 조준
구정렬을 시도한다.

　리상각 시인이 조준하는 사물은 주로 식물성 정신이 육근(六
根)의 뿌리를 이루고 있다. 그것은 반야심경(般若心經)에서도
갈파한 안이비설신(眼耳鼻舌身) 다음에 마치 카메라 렌즈 안쪽
에 위치해 있는 칼라 필름 같은 意로서의 마음세계다. 그의 서
시 「가슴」은 '마음'(意)의 대칭이다. 그렇다면 그의 마음은 어떤
마음인가.

　　　　가슴은 나의 하늘 해가 뜨면 푸르다
　　　　구름 끼면 어둡고 달이 뜨면 그립다
　　　　이따금 우레가 울고 소나기 쏟아진다

　　　　　　　　　　　　　　　　　-「가슴」전문

　범상치 않은 시조다. 이미 놀라운 진경(進境)에 들었다. 그의
마음 세계는 부처와 보살의 법신(法身)이 여러 모습으로 변하
는 그 변상(變相)의 모습이다. 변화무쌍한 천지자연의 모습을
심상(가슴)에 비추기 때문이다. 여기에는 '하늘'과 '해'와 '구름'
과 '달'이 등장한다. 그가 희구하는 하늘에는 해와 달과 구름이
희로애락의 긍정과 부정을 단적으로 드러낸다. 이를 도해로 표
시하면 다음과 같다.

　　　　하늘+해=푸르다→긍정
　　　　하늘+구름=어두움→부정
　　　　하늘+달=그리움→긍정

　리상각 시인의 가슴(마음)은 거룩한 세계에 존재하는 사물들

로 차있는데, 종장에서 보여준 바와 같이 격동하는 놀라움과 슬픔이 자리하고 있음을 눈치 채게 된다. 그가 왜 격동하는 놀라움과 슬픔에 울어야 하는 것일까.

2

앞에서 거론한 바와 같이 리상각 시인의 시세계에 있어서 어떤 진경을 보여준 작품으로는 「자문자답」이 있다. 2행 3연을 4 묶음으로 이루어진 이 시를 편의상 6행을 1연씩 묶음으로 해서 4연으로 구분한다면, 1연은 식물성정신, 2연은 동물성정신, 3연은 인간의 자각, 4연은 알았다가도 다시금 몰라지는 무위의 경지로 구분할 수 있다.

나무는 왜 몇천 년 오래오래 사는가
내내 한 자리에서 나쁜 짓 아니 하니
아마도 하느님 은총을 받기 때문일 게다

짐승은 왜 몇 해 동안 짧게만 사는가
물고 뜯는 양육강식 이빨 발톱 사나우니
태어날 때부터 죄짓고 벌을 받기 때문이다

사람은 왜 한 백년 살아가기 어려운가
동물보다 낫다지만 나무보다 못하더라
사람도 착한 마음 가지면 나무처럼 살게다

해와 달과 별은 왜 억 천만 년 빛날까
무한한 존재는 시간과 공간뿐인데
천체의 끝 모를 비밀 하느님이나 알게다

― 「자문자답」 전문

리상각 시인에 있어서의 신관(神觀)은 여호와의 하나님이라기 보다는 거룩한 하늘(天)의 신관으로 보인다. '해와 달과 별은 왜 / 억 천만 년 빛날까 // 무한한 존재는/ 시간과 공간뿐인데 // 천체의 끝 모를 비밀/ 하느님이나 알게다'에 있어서 마지막 4연 은 알았다가 다시 몰라지는 경지, 3연의 '나무'에서 바탕에 깔아 온 정밀성(靜謐性)을 기반으로 달관의 시선을 보이는 작품이라 하겠다.

리상각 시인의 시세계를 긍정적인 면과 부정적인 면으로 가 름할 수도 있고, 정서적 미학적인 면과 문명 비판적인 면으로 가름할 수도 있으며, 유추나 인식의 면에서 살펴볼 수도 있겠다.

> 다루지 않은 마음 밭 잡초가 무성하다
> 욱실대는 벌레들 으르렁거리는 야수들
> 노린내 가득 풍기는 쑥밭은 역겨워라

> —「마음 밭. 1」 전문

> 꽃향기 그윽한 마음 밭에 밝은 세상 다가서리

> —「마음 밭. 2」 중 종장

동일한 제목 '마음 밭'인데도 그 1과 2는 상이한 부정과 긍정 을 보이고 있다.

> 새들이 노래하며 노을 속 날아예고
> 꽃들이 손뼉 치며 예쁜 해님 맞이한다
> 황홀한 순간 서둘러 활짝 피는 고운 꿈

> —「아침」 전문

막이 없는 무대에선 개구리 합창하니
창문의 문전옥답에 별무리 쏟아진다

－「여름밤」 중 일부

집닭 산 꿩 어울려 북데기 모이 쪼고
까치가 돼지 등에 올라서서 날 부르네 깍깍깍

－「뜨락」 중 일부

리상각 시인의 시 가운데 '해'가 나오는 경우에는 영락없이 긍
정적인 시가 된다. 개구리 같이 순한 동물이나 까치 같은 길조
도 긍정적인 시로 표현되어 나오기 마련이다. 그는 '개구리의 합
창'이라는 청각적 음향의식을 '별무리 쏟아진다'고 시각화(視覺
化)하고 있다. 즉 청각적 이미지를 시각적 이미지로 바꾸어놓는
기교를 보이고 있는 것이다.
특히 '문전옥답에 별무리 쏟아진다'는 표현은 정(靜)이나 동
(動)을 지나서 선(禪)의 경지를 연상케 하는데, 김규련의 수필
「개구리소리」는 여기에 적합한 예가 될 것이다.

'세상이 달라지면 소리도 변하고, 소리가 달라지면 세상도 변
해갔다. 이제 이 지상에서 자연의 소리는 차츰 문명의 소리에
밀려나고 있다. 개구리 소리는 더욱 그렇다. 문명의 소리와 자
연의 소리가 조화를 잃을 때 인간 세상은 어떻게 되는 것일까.
문명의 소리가 動이라면 자연의 소리는 靜이다. 그리고 개구리
소리는 禪일지도 모른다.'

－김규련의 수필 「개구리 소리」 중 결말부분

닭과 꿩이 한데 어울려 논다는 이야기나 까치가 돼지 등에
올라서서 자기를 부른다는 얘기는 코믹한 희극적인 재미로서의

해학을 드리운다. 이는 한국인만이 지니는 독특한 익살이다. 닭
과 꿩이라고 하는 이질적인 사물의 어울림과 까치와 돼지의 친
화에서 지상낙원을 연상케 한다. 이는 현실의식을 이탈한 무위
자연의 상태에서 가능하게 된다.

　이제까지 상술한 긍정적인 사물에서는 갈등을 볼 수 없지만,
이제부터 살펴보고자 하는 부정적인 사물에서는 갈등을 전재로
하고, 또 그게 심화되고 증폭된다.

　　　　남 허물 꼬챙이에 꿰들고 지절대고
　　　　제 허물 옷 속에 감춰 놓고 시뚝하니
　　　　웃지도 울지도 못할 인간세상 희비극

　　　　　　　　　　　　　　　　－「허물」전문

　　　　주인을 바싹 따르는 둘도 없는 호위병
　　　　캄캄한 밤이 되니 자취 없이 사라진다
　　　　주인을 어둠 속에 남겨둔 채 뺑소니친 도주병

　　　　　　　　　　　　　　　　－「그림자」전문

　　　　백로가 모일 곳에 까마귀 웬 말이냐
　　　　찧고 박고 몸싸움 아귀다툼 상소리
　　　　눈뜨고 차마 볼 수 없어 둘러메친 텔레비전

　　　　　　　　　　　　　－「텔레비전 앞에서」중 후반부

　앞의 세 편의 시는 모두 허물 많은 얌체족을 비꼬는 내용으로
되어있다. 그 다음으로 살펴볼 수 있는 작품은 향토정서에서 도
출한 인정미학이다. 여기에는 여러 형태의 '그리움'이 자리하고
있다.

고향의 옛 정취를 고스란히 지녔구나
세상을 두루 떠돌던 나는야 부평초
옛 친구 널 안고 얼굴 비비며 눈물로 적셔준다

                              —「백양나무. 2」전문

추위를 이겨내는 해장국 한 그릇
주린 창자 화끈하다 내 생을 바꾸는가
고달픈 삶을 살아도 고마운 때가 있다

                              —「해장국1」전문

겨울을 몰아내는 해장국 한 그릇
뼈가 다 녹는구나 진수성찬 부러우랴
따끈한 해장국이 나더러 힘내라 소곤댄다

                              —「해장국. 2」전문

확 풀린 봄 날씨에 싱생숭 뜬마음
아지랑이 새물새물 소리 없이 웃는구나
누군가 날 부르는 듯 훨훨 가고픈 꽃길

                              —「봄 내음1」전문

덤불 밑은 파란 싹 빨간 가지 꽃망울
달래김치 새큼한 맛 어디서 풍겨올까
아마도 내 사랑 그곳에서 떠나온 봄 내음

                              —「봄 내음. 2」전문

 앞에서 살펴본「백양나무. 2」가 옛 고향 친구와의 우정을 심정
적으로 그렸다면「해장국」에서는 향토적 사물을 통하여 겨레의

고유정서가 지니는 민족공동체의 약속된 얼을 공유하게 한다. 그
리고 「봄 내음」에서는 흥기하는 새 생명의 신비의식이 내비치고
있는데, 특히 '덤불 밑은 파란 싹/ 빨간 가지 꽃망울'은 시각적 색
채의식 내지는 형태의식과 함께 청각적 음향의식이 앙증하면서
도 깜찍한 실감으로 다가온다. 이처럼 깜찍한 시는 「나비」에서도
보인다.

　　　　봄바람 타고 오는 우표 한 장 한들한들
　　　　내 사랑 꽃 편지는 채 쓰지 못했는데
　　　　저 혼자 멀리 날아가네 야속한 우표 한 장

　　　　　　　　　　　　　　　　　　　　－「나비」 전문

　여기에서는 '나비'와 '우표'의 상관성을 보인다. 이 두 사물은
이질적인 별개의 사물, 즉 생물과 무생물이라는 이질적 사물인
데에도 이동하는 운동성에서는 동일하다는 동일적요소를 공유
한다. 이 시인은 특수성 속의 보편성을 찾아내어 구체적으로 형
상화하고 있다. 이러한 특징은 그의 독특한 유추능력에서 오는
데, 뛰어난 유추를 보인 작품들은 다음과 같다.

　　　　소꼬리는 파리채 개꼬리는 아첨무기
　　　　여우꼬리는 장식품 돼지꼬리는 두 냥 반
　　　　사람은 보이잖는 꼬리 있을까 길면 밟힌다는데

　　　　　　　　　　　　　　　　　　　　－「꼬리」전문

　　　　백운봉 바라보니 백호울음 들리는 듯
　　　　천지 물 굽어보니 선녀 옷자락 날리는 듯
　　　　백두에 오른 이 몸은 구름 타고 나는 듯

　　　　　　　　　　　　　　　　　　　　－「백두에 올라」 전문

종달이 우짖으니 고양이 귀를 쫑긋
뻐꾸기 울어 예니 소가 음메 나간다
검둥이 날아오는 제비를 껑충껑충 반긴다

-「봄」 전문

비취색 상팔담은 청보석 늘인 듯
새하얀 물보라는 팔선녀 옷자락인 듯
그 옛날 선녀초동이 다시 올 듯 하여라

-「금강산 상팔담」 전문

머리에 인 동이에는 성수가 찰랑인다

-「백두봉」 중 3연

앞에 소개한 다섯 편의 시는 모두 유추능력이 뛰어난 작품이
다. 사물을 미루어 헤아리는 능력이란 상상의 기능과도 연관된
다. 상상의 주된 기능은 과거에 겪었던 여러 가지 이미지들을
떠올리고, 그것을 결합하고 분해하며 변화시켜서 새로운 통일체
를 만들어내는데 있어서 유사점을 찾아내어 결합하는 유추가
주요 요소가 되기 때문이다.

여기에서 「꼬리」는 뛰어난 유추능력과 함께 재미를 주는 음악
적 리듬감이 절묘하다면, 「백두에 올라」는 재치 있는 유추가 김
삿갓 시의 스타일을 연상케 하고 「금강산 상팔담」과 「백두봉」은
유추를 통한 사물인식이 뛰어나다.
리상각 시인은 그의 시 「마음 밭」에서 잡초가 무성하고, 벌레
들이 욱실거리며, 야수들이 으르렁거리는 마음 밭(쑥밭)을 역겹
다고 표현하는가 하면, 「겨울 강」에서는 치열한 갈등구조를 원

망의식(願望意識)으로 여과시키려는 이지적 지성미를 보인다.

　　흐르는 저 강물도 떠나온 고향 그리울까?
　　뉘에게 쫓기어 뒤돌아보지 못하고
　　울음만 터뜨리며 가네 다시 못 올 먼 길을

　　　　　　　　　　　　　　　　　－「강물」 전문

　　별 하나 깜빡깜빡 내게로 날아온다
　　두 손에 받아보니 비릿한 개똥벌레
　　참별은 십만 팔천 리 하늘 밖에 숨어있다

　　　　　　　　　　　　　　　　　－「유혹」 전문

　　앞의 「강물」이 지구상의 향수라면, 뒤의 「유혹」은 우주상의 향수라 할 수 있다. 전자가 고향에 향하는 그리움이라면, 후자는 본향에서 향수라 할 수 있다. 앞의 시 「강물」에서는 '떠나온 고향'과 '뉘에게 쫓기어'라는 구절에 주의를 기울일 필요가 있다면, 뒤의 시 「유혹」은 상호 대비되는 '별'과 '개똥벌레'를 눈여겨 볼 필요가 있다.

　　리상각 시인은 1936년 강원도 양구군 해안면 만대리에서 태어난 지 2년이 경과한 1938년 중국 동북지역으로 이주해 살았으나 생지옥 같은 삶의 연속이었다. 일제가 망하고 해방이 되었으나 일본군 패잔병이 지나간 뒤에 소련군이 들어오고, 소련군이 빠져나간 뒤에는 도적 떼가 기습하여 떠나 살지 않으면 안 되었다. 그리하여 리상각 시인에게는 고향이 강원도 양구도 되고, 유년시절을 보낸 중국의 동북지역도 된다. 여기에서 잠깐 리상각 시인의 목소리를 귀담아 들을 필요를 느낀다.

　　'나는 내가 태어난 양구군 해안면과 외가마을인 인제군 서화

면을 돌아보았다. 별나라 달나라만큼이나 아득하게 느껴졌던
고향을 찾게 되니 꿈속을 걷는 것만 같았다. 고향의 일목일초
가 다 그처럼 사랑스럽고 조약돌 하나도 보석처럼 귀중했다.
북으로 흘러갔던 내가 동으로 흘러간 고향 개울물과 다시 만나
니 귀맛 좋은 개울물 소리가 세상에 으뜸가는 아름다운 노래로
들렸다. 내 생일에 손으로 벼이삭을 훑어 햇밥을 지었다는 어
머니 사랑의 바다인 고향 벌은 나를 보고 흐느끼는 것만 같았
다. 나도 하염없이 흐르는 눈물을 금할 수 없었다. 새들은 반가
운 인사를 하는 듯 쉴 새 없이 지저귀었다. 그러나 이 몸은 또
다시 떠나갈 길손이 아닌가. 나는 여러 번 친척을 찾아보았으
나 지금까지 한 분도 만나지 못했다… 아, 언제 가면 이산가족
의 슬픔을 다 씻을 것인가. 강원도 기슭을 치는 동해의 서러운
파도소리가 지금도 내 가슴에 가득 차 울린다.'

-「기러기는 남으로 날건만」
(리상각문집『별 많은 하늘아래』료녕민족출판사, 314쪽)

　여기에서 마음의 바늘이 크게 움직이는 낱말은 '별나라 달나
라''고향''꿈속''조약돌''개울물소리''길손''이산가족' 등이다.

　　　거친 돌이 물을 만나 예뻐진다
　　　못난이 나는 임을 만나 의젓해진다
　　　보듬고 다듬어주는 내 사랑 여울물

-「여울물」전문

　리상각 시인의 시 세계는 이제 여기까지 와있다. 사물의 진수
만을 골라서 마음을 형상화하고 있다. 부드러운 물이 돌을 다듬
는 행위는 더 할 나위 없는 시 예술의 극치다. 그는 그의 시「조
약돌」처럼 물밑에서 소곤대기도 하고, 소리 지르기도 한다. 그런
데 그의 소리는 마음을 편안하게 하는 여울물에 의한 조약돌 소

리도 되고, 조약돌에 의한 여울물 소리도 된다. '여울물'과 '조약
돌'의 만남은 우연이 아니다. 그것은 필연인 동시에 우연이고 우
연인 동시에 필연이다.

고향을 떠나와 떠돌며 타국을 자국으로 여기고 살아야 하는
디아스포라에 있어서 뼈저린 향수는 '별'과 '개똥벌레'로 집약된
다. 그가 꿈꾸는 별은 손이 닿을 수 없이 아득히 멀리에 있는
대신에 그가 살아야 하는 현실은 개똥벌레에 불과하다. 여기에
시인의 절망적인 고독이 있고, 비극적 슬픔이 있다. 그러나 이
시인은 가끔 눈물을 보일뿐 요란하게 소리쳐 가식적인 엄살을
부리지 않는다.

이제 고희를 바라보는 리상각 시인은 그동안 조탁의 과정을
거쳐서 이룩한 조약돌의 여울물소리로 조용한 進境을 보여주고
있다. 시의 예술성을 약속하는 듯…

· 저자 ·   리상각

· 약력 ·   1936년 강원도 양구 출생.
           중국 동북으로 이주.
           연변대학 졸업.
           《연변문학》 총편, 연변작가협회 부주석, 중국작가협회 회원, 미주세
           계시인회 회원, 중국음악가협회 회원.
           미국 샌프란시스코국제문화대학 초청 강의, 한국 동아일보문화센터
           초청 강의.
           길림성 민족문화상 수상, 중국 소수민족문학상 수상, 중국작가협회
           우수편집 영예상 수상, 중국당대소수민족문학연구회 문학성과 1등상
           수상, 중국당대소수민족문학연구회 원예사상 수상.
           길림성장백산문예대상 수상, 미주시조월드대상 수상, 세계 시 낭송연
           구회 금관상 수상.

· 주요논저 · 『샘물이 흐른다』, 『만무과원 설레인다』, 『중국조선족 구전 민요집』,
           『사랑의 꽃바구니』, 『두루미』, 『정다운 그 이름이여』, 『리상각 시선
           집』, 『인생삼매』(역시), 『민들레 홀씨 둘이서』, 『시론과 시조론』, 『울
           지를 않으마』, 『별 많은 하늘아래』, 『물빛으로 살고 싶다』, 『리상각
           시선』, (영문번역시), 『까마귀』, 『에밀레종소리』, 『북간도유머집』, 『달
           빛이 내린다』 외 다수

리상각 시전집(제4권 시조시 편)

· 초판 인쇄	2006년 7월 31일
· 초판 발행	2006년 7월 31일
· 지 은 이	리상각
· 펴 낸 이	채종준
· 펴 낸 곳	한국학술정보㈜
	경기도 파주시 교하읍 문발리 526-2
	파주출판문화정보산업단지
	전화 031) 908-3181(대표) · 팩스 031) 908-3189
	홈페이지 http://www.kstudy.com
	e-mail(출판사업부) publish@kstudy.com
· 등 록	제일산-115호(2000. 6. 19)
· 가 격	13,000원

ISBN   89-534-5520-0 93810 (Paper Book)
       89-534-5521-9 98810 (e-Book)